Hartmut Lange

Das Streichquartett

Novelle

Diogenes

Umschlagfoto
von Michael Haddenhorst

Ich bedanke mich für
die Mitarbeit meiner Frau

Diogenes Verlag AG Zürich
www.diogenes.ch
60/01/52/1
ISBN 3 257 06281 8

1

Es begann damit, daß Berghoff eine Aufnahme aus dem Jahre 1937 mitbrachte. Er zog einen CD-Player aus der Aktentasche, dazu zwei kleine Kopfhörer, die er herumreichte, und er bestand darauf, daß man erst einmal, statt zu proben, das verkratzte Archivmaterial zur Kenntnis nehmen sollte.

»Das Largo ist das Schönste. Es dauert neun Minuten«, sagte er.

Dann saß jeder auf seinem Stuhl. Man hörte das Streichquartett Nr. 4, op. 37 von Arnold Schönberg, gespielt vom Kolisch-Quartett, genauer von den Herren Khuner, Lehner, Heifetz und eben jenem Rudolf Kolisch, der die erste Violine spielte.

»Erstaunlich«, sagte Berghoff, der sich auf einem Bogen Papier Notizen gemacht hatte.

Er hielt einen kurzen Vortrag über das Kolisch-Quartett. Es sei überaus berühmt gewesen, versicherte er, und hätte sich neben dem klassischen Repertoire auch mit Webern und vor allem mit Schönberg befaßt. Das Opus 37 von Schönberg sei in einem Hollywood-Studio, genauer in einem

Schuppen mit einem einzigen Mikrophon, aufgenommen worden. Es hätte damals noch kein Tonband gegeben, und so hätte kein einziger Fehler verbessert werden können, erklärte Berghoff. Er erwähnte noch, daß die Presse die Uraufführung in Los Angeles und das letzte Konzert in Wien vollendet genannt habe, bedauerte, daß davon nichts, aber auch gar nichts überliefert sei. Alle hörten sich, wohl aus Hochachtung, nochmals das verkratzte Material an.

»Was meint ihr dazu?« fragte Berghoff, nachdem er die Kopfhörer wieder eingesammelt und samt Player und CD in der Aktentasche hatte verschwinden lassen.

Der Raum, in dem man sich befand, war etwas zu groß. Es war eine stillgelegte Fabrikhalle in der Nähe der Invalidenstraße. Die Miete war erschwinglich. Anfangs hatte es akustische Irritationen gegeben, die allerdings aufhörten, nachdem man die Wände mit Tüchern abgehängt hatte. Man sprach über das Programm für die nächste Tournee, einigte sich auf Beethoven, Brahms und Schubert, aber natürlich mußte man auch einen Komponisten der Moderne anbieten.

Am nächsten Tag, alle hatten sich die Partitur besorgt, am nächsten Tag blätterte man in dem Opus 37, und es war immer noch nicht sicher, ob man Schönberg ins Repertoire nehmen würde. Und wieder redete Berghoff über das Kolisch-Quartett, erwähnte, daß es gezwungen gewesen sei, die Schallplattenaufnahme in einem zugigen Atelier und in aller Eile, sozusagen zwischen den Filmaufnahmen, zu realisieren.

»Kolisch war übrigens Schönbergs Schwager.«

»So«, sagte von Rosen, nahm sein Cello auf und schlug vor, daß man sich über die ersten Takte einig werden sollte.

Man besprach Details, begann zu proben. Das Thema der ersten sechs Takte gab Berghoff mit seiner Geige an, und darüber war man sich einig: Melodisch gab es zwei Intervalle zu beachten. Kleine Sekunde und große Terz. Es folgte ein weiteres Teilmotiv aus drei Tönen mit aufsteigender Quinte und absinkender großer Sekunde. Das eröffnende Motiv verdichtete sich im vierten Takt zu einem dreimalig gespielten Akkord von Violine, Bratsche und Cello.

»Der Rhythmus entsteht durch Wiederholungen innerhalb des Themas. Immer dort, wo Notenwerte von Achtelbewegungen unterbrochen werden, wo sich Dramatik einstellt, werden die Anfangsnoten der Achtelgruppen zwei- oder dreimal wiederholt«, sagte Berghoff und wies mit dem Finger auf die entsprechende Notenzeile.

Vom Nebenraum her gab es ein Geräusch. Oder war es in den Kellerräumen, wo man offensichtlich mit Arbeiten an der Zentralheizung beschäftigt war? Es war ein regelmäßiges Klopfen, dann wieder ein Gluckern in den Röhren.

»Fast, als würde uns jemand das Tempo vorgeben«, sagte Wernicke und lachte.

Alle hatten den Kopf erhoben, als wäre da etwas, das ihre Beachtung verdiente. Dann vertieften sie sich weiter in die Partitur. Draußen begann es zu regnen. Man hörte durch die geschlossenen Fenster hindurch ein Rauschen, das durch die Häuserwände, die den Hof umstellten, verstärkt wurde, und man hörte, wie der Regen gegen den Asphalt klatschte. Und wäre jetzt jemand aufgestanden, um ins Freie zu sehen, dann hätte er bemerkt, daß Berghoff vergessen hatte, an seinem Wagen die hintere Scheibe hochzukurbeln, so daß das Polster der Bank naß wurde. Ja, daß die Gefahr bestand, der Regen könnte, falls er länger andauern würde, den gesamten Boden unter Wasser setzen. Es war ein Caravan der Marke Audi. Die Streben auf dem Dach hatten hier und dort den Lack verloren, so oft war Berghoff mit der Familie in den Urlaub gefahren, und immer war alles vollbepackt. Meist ging es nach Frankreich an die Atlantikküste oder nach Italien. Etwa nach San Sepolcro, wo Berghoff, es war lange her, das Amadeus-Quartett in einem kleinen Theater gehört hatte. Was hatten sie gespielt?

Berghoff setzte die Geige ab, zog nochmals die CD aus der Aktentasche. Nicht, daß er das Kolisch-Quartett wieder als Vorbild zitierte, aber er meinte doch, man sollte wie auf dem Foto, das der Archivaufnahme beigefügt war, das Cello neben der ersten Violine plazieren.

»Vielleicht erreichen wir damit mehr Spannung«, sagte er, bestand aber nicht weiter auf seinem Vorschlag, weil er sah, daß von Rosen ein langes Gesicht machte.

2

Elisabeth Berghoff, geborene Ostermaier, war eine schöne Frau. Sie war schlank, hatte nach der Geburt ihrer beiden Kinder den Anflug von Magerkeit verloren. Sie hielt sich besonders aufrecht, erweckte dadurch den Eindruck, sie wäre größer als ihr Mann, was eine Täuschung war. Aber Berghoff sah es nicht gern, wenn Elisabeth hochhackige Schuhe trug, und wenn sie auch noch ihr Haar aufgesteckt hatte, dann konnte es vorkommen, daß er von dem Eindruck nicht loskam, er müsse zu ihr aufsehen.

›Ich sollte ihr wieder einmal Blumen mitbringen‹, dachte Berghoff, fuhr aber, als er an einem Laden vorbeikam, weiter.

Er hatte Elisabeth versprochen, die Kinder abzuholen, konnte sich nicht mehr an die Adresse, die sie ihm genannt hatte, erinnern, und so fuhr er ziellos und mit schlechtem Gewissen mehrere Nebenstraßen ab, bis er die Mohrenstraße erreicht hatte.

›Hier wohnt Stern‹, dachte er, als er den portalähnlichen Eingang eines Neubaus passierte.

Und war da nicht, es war nur für Sekunden, eine Gestalt zu sehen, offenbar eine Frau, die es eilig hatte, irgendwohin zu kommen? Berghoff mußte eine Vorfahrt beachten, und als er wieder in den Rückspiegel sah, war die Frau verschwunden. In seine Charlottenburger Wohnung zurückgekehrt, sah er, daß Elisabeth und die Kinder schon beim Mittagessen saßen. Er wußte, daß er sich jetzt entschuldigen mußte und daß dies zwecklos war, weil Elisabeth nicht antworten würde. Mit einem nachsichtigen Lächeln saß sie da und ließ die Kinder reden, die dem Vater sofort ihre Geschenke zeigten, die man ihnen dort, von wo er sie hätte abholen sollen, in buntes Papier eingewickelt und mitgegeben hatte. Es war nichts weiter, irgendwelche Phantasiefiguren aus Plastik. Trotzdem:

»Sehr schön«, sagte Berghoff, gab Elisabeth einen Kuß auf die Stirn, und dabei ließ man es für dieses Mal bewenden.

Eine Stunde später verhandelte Berghoff mit der Konzertagentur, und er versuchte, die geplante Tournee nicht in Kiel, sondern in München oder wenigstens in Salzburg beginnen zu lassen. Auch sprach er darüber, daß es schwierig sein würde, gewisse Kritiker, die unverzichtbar waren, in die norddeutsche, wie er sich ausdrückte, Einöde zu locken. Und besonders jener Kritiker, dem man regelmäßig einen Scheck für entstehende Unkosten zuschickte, ja, er hatte ihnen geraten, das neue Programm, koste es, was es wolle, erst einmal im Münchner Herkulessaal vorzustellen.

Leider war dies nicht möglich. Die Verträge waren abgeschlossen. Mißmutig blätterte Berghoff in dem Ordner, den man ihm überlassen hatte. Allerdings gab es eine erfreuliche Nachricht: Das Konzert war an die Firma Polydor verkauft. Man würde demnächst einen Fotografen für das Cover schicken.

»Wir fangen an berühmt zu werden«, sagte Berghoff am Abend.

Er hatte eine Flasche Rotwein geöffnet und darauf bestanden, mit Elisabeth, die Kinder waren schon im Bett, eine halbe Stunde beisammenzusitzen. Sie probierten den Wein, sprachen über dieses und jenes, und irgendwann versuchte Berghoff mit Elisabeth über Schönberg zu reden, und er wollte auch ihr, wie den anderen, die Archivaufnahme aus dem Jahr 1937 schmackhaft machen. Elisabeth winkte ab.

»Ich kann dem verkratzten Zeug nichts abgewinnen«, sagte sie. »Aber wenn ihr meint, dies unbedingt spielen zu müssen! Eure Aufnahme wird sicher um einiges perfekter sein.«

Berghoff war der Schlagfertigkeit seiner Frau nicht gewachsen.

›Es ist wie mit ihren blonden Haaren. Sie sind einfach überzeugend. Und wenn sie sie dann noch hochsteckt, hat sie schon gewonnen‹, dachte er. Und so wollte er, obwohl es Gründe gab, keinerlei Irritationen aufkommen lassen. Trotzdem: Wieso konnte Elisabeth wissen, daß die Archivaufnahme aus dem Jahr 1937 verkratzt war? ›Sie hat sie nie gehört‹, dachte Berghoff, griff zur Flasche und goß sich Wein nach, bis das Glas beinahe randvoll war.

3

Niemand machte den Versuch, von Rosen das Cello streitig zu machen, obwohl alle wußten, daß Stern dieses Instrument besser, genauer und einfühlsamer zu handhaben wußte. Auch Berghoff hatte in seiner Jugend Cello gespielt, sich aber anders entschieden, und Stern hatte sich damit abgefunden, daß er die zweite Violine spielte. Alles andere wäre auch albern gewesen, da Berghoff das Quartett gegründet hatte. Stern war der Kleinste der Gruppe, und er gab nebenbei, sozusagen als Rückversicherung, Privatunterricht. Sicher, das Quartett war etabliert, aber man konnte nie wissen, ob die Tourneen genügend Geld einbrachten oder ob jemand, zum Beispiel Wernicke, der unter Gelenkrheumatismus litt, irgendwann ausscheiden würde. Und Wernicke, das wußte jeder, war, falls die Sache ernster werden würde, schwer zu ersetzen. Er spielte die Viola, war der Älteste der Gruppe. Er wohnte wie Berghoff im Westteil der Stadt, in der Nähe des Lehniner Platzes. Von Rosen wohnte in Potsdam, und Stern war vor Wochen erst von Pankow in die Mohrenstraße umgezogen, in ebenjene Straße, in der Berghoff auch diesmal, als er wieder mit dem Auto unterwegs war, eine Frau auffiel, die es besonders eilig hatte.

›Es könnte die von gestern gewesen sein‹, dachte Berghoff, hatte aber keine Lust, weiter darauf zu achten.

Als er den Hof der Fabrikhalle erreicht hatte, kam ihm von Rosen entgegen, der erklärte, daß man nicht proben könne. Die Heizkörper waren kalt, und auch Wernicke, der offensichtlich fror, hatte seinen Mantel bis oben hin zugeknöpft. Für Augenblicke standen sie ratlos da.

»Manfred hat sich verspätet!« sagte von Rosen und sah auf die Uhr. »Vielleicht ist der Bus steckengeblieben.«

Berghoff zog sein Notizbuch aus der Aktentasche, suchte nach der Telefonnummer des Vermieters, und nachdem er sich mit diesem über sein Handy verständigt hatte, ging er in den Flur und stieß die Kellertür auf.

»Wir sollen am Brenner auf einen roten Knopf drücken«, sagte Berghoff, betrat die Treppe, die hinter der Tür sichtbar wurde.

Und nun begann ein umständliches Suchen nach dem Lichtschalter. Das heißt, Berghoff, die anderen blieben im Flur zurück, Berghoff war genötigt, da links und rechts nichts zu sehen war, die Treppe im Halbdunkel hinunterzusteigen, bis er einen Vorraum erreicht hatte, von dem mehrere Gänge abgingen, und nachdem er sich vier, fünf Meter in den rechten Gang, sozusagen in die Dunkelheit, hineingetastet hatte, fand er endlich, was er suchte. Er öffnete einen Kasten. Sekunden später war der gesamte Keller in ein viel zu helles Licht getaucht. Berghoff war überrascht, daß der Gang, in dem er sich befand, um einiges breiter war, als er in der Dunkelheit geglaubt hatte, und daß alles, so weit man sehen konnte, mit Gerümpel vollgestellt war. Da standen kreuz und quer Bettgestelle, Kühlschränke, Eimer, irgendwelche Bretter, die durch Eisenstangen miteinander verbunden waren. Auch Teppiche und durchlöcherte Gardinen konnte Berghoff auf den ersten Blick ausmachen, und er glaubte, daß hinter dieser unüberwindlich scheinenden Barriere ausrangierter Gegenstände die Heizungsanlage zu erkennen war. Aber er machte keine Anstalten, sich einen Weg zu bahnen, rief auch die anderen nicht herbei, mit deren Hilfe es ein leichtes gewesen wäre, dieses und jenes zur Seite zu räumen. Statt dessen stand er da und staunte. Es roch nach Staub und ranzigem Öl, und doch, vielleicht durch das viel zu helle Licht, wirkte die Unordnung, die er vor Augen hatte, gestochen scharf und irgendwie überzeugend.

›Wie ein raffiniert ausgetüfteltes Stilleben‹, dachte Berghoff. Die anderen warteten, stellten auch keine Fragen, als Berghoff, er hatte das Licht angelassen, endlich zurückkam, und da Stern, es war jetzt eine Dreiviertelstunde über der Zeit, immer noch nicht aufgetaucht war, riet er ihnen, erst einmal einen Kaffee zu trinken. Er selbst, erklärte er, würde mit dem Auto in die Mohrenstraße fahren. Unterwegs fiel ihm ein, wie unsinnig diese Absicht war und daß er, um Stern in dessen Wohnung zu erreichen, lediglich sein Handy hätte benutzen müssen. Aber gerade dies ließ er sein, um die Fahrt durch mehrere Baustellen hindurch von Moabit bis zur Mohrenstraße auf sich zu nehmen, und als er den portalähnlichen Eingang erreicht hatte, ließ er den Wagen mit eingeschalteter Blinkanlage in der zweiten Reihe stehen. Rasch, er mußte damit rechnen, einen Strafzettel zu bekommen, ging er die Treppe hinauf, und er wunderte sich, daß Stern, kaum daß er den dritten Stock erreicht hatte, schon in der offenen Wohnungstür stand.

»Warum läßt du uns warten!« rief Berghoff und ging, ohne auf die Antwort des anderen zu achten, über den Korridor hinaus in ein großes, quadratisches Zimmer, und mit einer Eile, als wollte er verhindern, daß, falls dort jemand anwesend war, dieser Zeit finden würde zu verschwinden.

Die Wohnung wirkte unaufgeräumt. Überall lose Notenblätter. Auf dem Teppich standen zwei leere Cognacgläser.

»Du trinkst neuerdings mit deinen Schülerinnen Schnaps?« fragte Berghoff.

Stern lachte. Eine Weile waren beide damit beschäftigt, das Mißverständnis aufzuklären. Stern hatte geglaubt, die Probe sei für den späten Nachmittag angesetzt gewesen, und nachdem er ins Nebenzimmer getreten und mit der Geige unterm Arm zurückgekehrt war, verließen sie die Wohnung. Sie stiegen in Berghoffs Wagen und fuhren in die Fabrikhalle. Die Tür zum Heizungskeller war immer noch offen, aber es brannte kein Licht, und vom Probenraum her hörte man Wernicke auf der Bratsche spielen. Es war wieder geheizt, weder Wernicke noch von Rosen konnten sagen, wann jemand im Keller gewesen war, um den Brenner in Gang zu setzen. Es war auch unwichtig, und so gruppierten sich alle in Hemdsärmeln zu einem Halbkreis und spielten erst einmal, was ihnen seit Jahren geläufig war: das B-Dur-Quartett op. 67 von Brahms. Irgendwann brachen sie ab, und nun herrschte ein längeres Schweigen. Oder war es ein Zögern, eine Unsicherheit, als wäre der Übergang zu Schönberg, der jetzt fällig war, so etwas wie eine Gratwanderung?

4

Wenig später waren sie dabei, den 1. Satz des Streichquartetts op. 37 durchzuspielen, und mit einer flüchtigen Sicherheit... So, ja, genau so, hatte das Kolisch-Quartett während einer Londoner Konzertpause, die Notenblätter waren noch frisch, den allerneuesten Schönberg ausprobiert! Oder war es Béla Bartók? Berghoff setzte seine Geige ab.

»Hört ihr das Klirren?«

»Was für ein Klirren«, antwortete Stern.

»Es ist sehr schwach, kaum zu hören, aber gerade das irritiert mich.«

Wernicke griff nach der Geige, spielte einige Sequenzen.

»Völlig in Ordnung«, sagte er.

Berghoff begann darüber zu reden, daß man sich Schönberg nicht nur technisch und mit detailgerechten Absprachen nähern dürfe.

»Auf mich wirkt das Ganze wie die Musik eines Großstadtneurotikers«, sagte er, und er wollte jenen Nachmittag erwähnen, an dem er versucht hatte, die Kinder abzuholen, und wie er sich, vielleicht, weil er nervös war, nicht mehr an die Adresse hatte erinnern können. Dies wollte er zum besseren Verständnis Schönbergs anführen, unterließ es aber, weil er fürchtete, sich lächerlich zu machen. Statt dessen fachsimpelte man doch wieder über diese und jene technische Schwierigkeit, etwa wie mit den Achtelbewegungen oder den Terzen und Sexten der Begleitakkorde umzugehen sei.

»Ich brauche eine andere Geige«, sagte Berghoff und war dankbar, als Stern ihn auf ein Inserat aufmerksam machte.

Er notierte sich die Nummer der Musikzeitschrift, und als er zu Hause war, griff er zum Aktenordner, in dem er die Jahrgänge abgeheftet hatte. Er suchte sich das entsprechende Heft heraus.

»Gut erhaltene Violine, Mittenwalder Schule. Tel. 861 83 83« war da zu lesen, und Berghoff schob Elisabeth ebendiese Annonce hin.

»Was meinst du, sollte ich dort anrufen?« fragte er, und Elisabeth klappte die Zeitschrift zu und sagte:

»Ich glaube nicht, daß wir uns das leisten können.«

Am nächsten Tag wählte Berghoff die Nummer, die in der Annonce angegeben war. Er wollte wissen, ob die Geige noch zu haben sei, und er erkundigte sich nach dem Preis.

»Achtzehntausend Mark.«

»Danke«, sagte Berghoff und legte den Hörer wieder auf.

Für einige Zeit schien alles erledigt. Kommentarlos benutzte Berghoff das Instrument, das ihn, aus welchen Gründen auch immer, klanglich nicht mehr so recht überzeugte.

›Vielleicht ist es der Stimmstock. Das wäre zu beheben‹, dachte er. Und doch hatte ihn Elisabeths Bemerkung, auch wenn sie vorschnell und unüberlegt gewesen war, gekränkt. ›Wir verdienen mit der Geige unseren Lebensunterhalt‹, dachte Berghoff. Und sollte der erste Geiger eines Quartetts, das seinen Namen trug und das auch im Ausland bekannt war, sollte er, Berghoff, mit einer Fünftausend-Mark-Geige durch die Gegend ziehen, nur weil seine Frau wenig Verständnis für seine Kunst zeigte?

Als er mit Stern über die Angelegenheit sprach, fand er mehr Verständnis.

»Achtzehntausend Mark für eine alte Mittenwalder! Du weißt, daß man anderswo das Doppelte bezahlt.«

»Ich weiß, ich weiß«, sagte Berghoff.

Er gestand, daß es Elisabeth gewesen sei, die ihn

daran gehindert habe, die Geige zu kaufen, und Stern, als wäre es die selbstverständlichste Sache der Welt, Stern bot sich an, mit Elisabeth nochmals darüber zu reden.

»Wenn du die Geige wirklich brauchst, kann sie nichts dagegen haben«, sagte er, und Berghoff, obwohl er zustimmte, hatte augenblicklich einen schalen Geschmack auf der Zunge.

Die Probe verlief unkonzentriert.

›Wieso bietet er sich an, mit Elisabeth zu reden‹, dachte Berghoff. ›Sie kennen sich doch kaum.‹ Und nie, er versuchte sich zu erinnern, nie hatte er bemerkt, daß da eine freundschaftliche Beziehung, geschweige denn ein Vertrauensverhältnis bestanden hätte, wie etwa mit von Rosen. Ja, mit von Rosen hatten sie schon einmal Urlaub gemacht. Aber zu Stern oder Wernicke hatte es immer einen gewissen Abstand gegeben. Und die Neigung Sterns zur Unordnung! ›Nie hätte Elisabeth die beiden Cognacgläser auf dem Teppich akzeptiert‹, dachte Berghoff und war froh, als die anderen wieder einmal darauf bestanden, in dem nahe gelegenen Bistro einen Kaffee zu trinken.

Er begleitete sie bis zum Hof, bat von Rosen um eine Zigarette, ertrug dessen Bemerkung, die ihn daran erinnern sollte, daß er das Rauchen eigentlich aufgegeben hatte. Ein paar Schritte ging er auf dem brüchigen Asphalt hin und her, dann zog er sich wieder ins Gebäude zurück. Als die anderen zurückkamen, war es spät. Gewöhnlich war die Probe um fünf Uhr nachmittags beendet. Diesmal bestand Berghoff darauf, etwas länger zu bleiben.

»Falls du bei Elisabeth ein Wort für mich einlegen willst, tu dir keinen Zwang an. Ich wußte übrigens nicht, daß ihr Kontakt miteinander habt«, sagte er, als er den Probenraum abschloß, und da Stern auf ihn wartete, Berghoff hatte versprochen, ihn in die Mohrenstraße zu fahren, nutzte er die Gelegenheit, nochmals auf dessen Angebot zurückzukommen.

Stern ging nicht weiter darauf ein. Schweigend fuhren sie die sechs, sieben Kilometer bis Stadtmitte, wo Berghoff gezwungen war, man hatte eine Fahrbahn gesperrt, mehrere Umwege zu nehmen, und er glaubte sich zu erinnern, daß er diese Strecke schon einmal gefahren war, als er versucht hatte, die Kinder abzuholen. Vor dem portalähnlichen Eingang gab er Stern die Hand, und kaum war dieser im Eingang verschwunden, zog er sein Handy hervor, um Elisabeth anzurufen. Umsonst. An der nächsten Straßenkreuzung versuchte er es noch einmal, und als er die Wohnungstür öffnete, kamen ihm die Kinder entgegen. Sie waren ausgelassen, verwickelten den Vater in eine Balgerei. Sie bewarfen ihn mit Kissen, spielten Fangen, tobten zuletzt durch die ganze Wohnung. Sie vertrieben sich die Zeit, warteten auf Elisabeth, die, wie die Älteste versichert hatte, zum Friseur gegangen war.

»Wann hat euch die Mutter verlassen?« wollte Berghoff wissen, sah aber ein, daß er jetzt, mitten im Spiel, alle waren vor Eifer erhitzt, keine Antwort erhalten würde. Wenig später bestand er darauf, daß die Kinder ihm das Spielzeug zeigten, das sie geschenkt bekommen hatten. »Ihr wißt schon, diese kleinen Plastikfiguren!« rief er und begann im Kinderzimmer danach zu suchen.

Als er die Figuren in der Hand hielt, fragte er: »Wer hat euch das geschenkt?«

Aber weder Petra noch Margret verstanden, warum dies wichtig sein sollte. Sie hatten es vergessen oder waren zu aufgeregt, um sich so rasch, wie er es verlangte, zu erinnern, und für Augenblicke war Berghoff versucht, mit den Mädchen in die Mohrenstraße zu fahren, um ihnen den portalähnlichen Eingang zu zeigen. Sie waren alt genug, sie würden ihn wiedererkennen. Andererseits schien es ihm unmöglich, daß Elisabeth, sollte sie wirklich mit den Kindern bei Stern gewesen sein, dessen Adresse angegeben hätte.

›Das wäre mir aufgefallen‹, dachte Berghoff und sah auf die Uhr.

Gegen halb acht, endlich, hörten sie, wie die Tür aufgeschlossen wurde. Die Kinder liefen in den Korridor, während Berghoff im Wohnzimmer blieb. Und war es nun, weil die beiden müde vom Toben waren oder weil Elisabeth erst einmal Mantel und Schal loswerden wollte, es herrschte eine ungewohnte Stille, und Berghoff ertappte sich dabei, wie er, als Elisabeth ins Zimmer trat, ihren Gruß nicht erwiderte. So sehr war seine Aufmerksamkeit auf ihr Haar gerichtet, auf ihr Haar, das im Nacken durch mehrere Kämme festgehalten wurde. Zugegeben, das Ganze wirkte kunstvoll, und das Hellblond schien eine Spur dunkler als gewöhnlich, und doch konnte Berghoff nicht mit Sicherheit sagen, ob dazu ein Friseurbesuch nötig gewesen wäre.

5

Am nächsten Tag wirkte Berghoff merkwürdig entschlossen. Kein Wort über das Klirren seiner Geige, und auch die Fragen, die Sterns Verhalten aufgeworfen hatte, wollte er nicht geklärt wissen.

›Es ist wie mit Schönbergs Musik. Sie verträgt keine falsche Gewißheit. Sie ist verquer und unübersichtlich‹, dachte Berghoff und überließ sich jenem Gefühl von Unbehagen, das ihm in letzter Zeit zu schaffen gemacht hatte.

Ein Gefühl von Unbehagen, ja, das galt nun für das ›Comodo‹ ebensogut wie für das ›Allegro molto. Energico‹. Sie begannen zu spielen. Der 2. Satz war ländlerartig. Das Eingangsthema wurde von der Bratsche con sordino, sozusagen im Tanzstil, vorgetragen. Die beiden Geigen und das Cello begleiteten dies im Pianissimo. Die erste Geige übernahm das Thema der Bratsche im 8. Takt, und nun wurden die ersten sieben Takte melodisch variiert. Nach einem kurzen Übergang, in dem die Bratsche ohne Dämpfer, die erste Violine mit Dämpfer ein Motiv des Eingangsthemas wiederholten, begann im Takt 306 eine gegenläufige Phrase, wieder von der Bratsche angeführt. Ein kurzes Auf- und Abschwingen leitete zum Hauptthema über, das in starkem Decrescendo in seine Motivteile zerlegt wurde, und nach einem überraschenden Fortissimo begann, auf der G-Saite gespielt, es war der Takt 324, die erste Violine mit einem neuen Thema. Sie wurde von Intervallsprüngen der zweiten Violine und Flageolettklängen von Bratsche und Cello begleitet, und nach einem bizarren Übergang wurde alles aufs heftigste kontrastiert. Da gab es ein Tremolo, ein Sul ponticello, ein Pizzicato arpeggio, ein Portamento, bis im Takt 406 das Hauptthema wieder erreicht wurde. Und nun folgte eine Polyphonie, die sich ständig änderte. Das Hauptthema wanderte durch alle Instrumente, löste sich als Decrescendo in seine Motivteile auf, und nach einer Generalpause, dem Takt 429, war eine Neuformation in der Grundreihe der Komposition zu erkennen, in der sich Bratsche und Cello komplementierten und in der die erste Violine das Melodische weiterführte, bis zur Reprise, dem Takt 592. Hier kehrte sie nochmals zum Hauptthema zurück, und die übrigen Instrumente teilten die begleitenden Stimmen unter sich auf. Es war, wie der Anfang des Satzes, ein Pianissimo. Allmählich, ganz allmählich, veränderte sich das rhythmisch-melodische Fortschreiten, die Motive verdichteten sich zu immer kleineren Einheiten, so daß der Satz in einer leisen Coda ausklang.

»Donnerwetter«, sagte von Rosen.

»Das war ein Ritt über den Bodensee«, sagte Wernicke.

Alle waren beeindruckt, wohl auch ein bißchen stolz, daß sie so gut und vor allem so sicher aufeinander abgestimmt waren.

»Ich habe nicht das geringste Klirren gehört«, sagte Stern. »Als hättest du schon auf der Mittenwalder gespielt.«

Und Berghoff, als wäre dies Kompliment ein Grund, sich zu ärgern, Berghoff sagte:

»Aha, ich bekomme also die Geige. Wie gut, daß es jemanden gibt, der mit meiner Frau besser zurechtkommt als ich.«

Für Augenblicke war alles still. Dann bestand von Rosen darauf, daß man jetzt, da man den 2. Satz so bravourös hinter sich gebracht hatte, das Largo versuchen sollte.

»Wenigstens die ersten Takte«, sagte er.

»Einverstanden«, antwortete Wernicke.

Er nahm die Bratsche auf. Stern zögerte, wartete, bis Berghoff die Geige unters Kinn schob, und Sekunden später war in dem viel zu großen

Raum, den man der Akustik wegen, aber auch um ihm die Nüchternheit zu nehmen, mit Tüchern abgehängt hatte, Sekunden später war in dieser Fabrikhalle mit ihren kahlen Fenstern und den notdürftig übertünchten Ziegelwänden ein vielstimmig überdehnter, quälender, aber doch, man wußte nicht, wie, tröstlicher Ton zu hören.

6

Berghoff wußte weder sicher zu sagen, ob Elisabeth, mit oder ohne Kinder, in Sterns Wohnung in der Mohrenstraße gewesen war, noch konnte er behaupten, Stern hätte den Kindern die kleinen Plastikfiguren geschenkt, aber seiner Frau gegenüber fühlte er sich im Recht. Es war nicht zu übersehen, daß sie sich immer weniger um die Kinder kümmerte, genauer: daß sie unbeaufsichtigt blieben. Ja, sollte er Elisabeth auffordern, weniger ihren Neigungen nachzugehen, wenn dies auf Kosten der Kinder geschah? Und überhaupt: Was hatte sie für Neigungen?

›Wenn man zwölf Jahre verheiratet ist, sollte man wissen, was der andere für Neigungen hat‹, dachte Berghoff, und eines Tages, die Kinder hatten Ferien bekommen, bemerkte er, daß die Älteste ihren Koffer zu packen begann.

»Wir fahren mit Mami in die Berge«, sagte sie.

Und als Berghoff daran erinnerte, daß man gemeinsam nach Salzburg und Wien fahren wollte, sagte Elisabeth:

»Bis zum Tourneebeginn sind wir wieder zurück.«

»So«, sagte Berghoff und ließ unwillkürlich die Arme hängen.

Während der Probe weigerte er sich, obwohl dies verabredet war, an dem Largo herumzufeilen. Statt dessen begann er wieder über das Kolisch-Quartett zu räsonieren. Umständlich erklärte er, daß die vier nicht immer nur an der Musik Schönbergs, etwa weil Schönberg Kolischs Schwester geheiratet habe, interessiert gewesen seien. Nein, sie hätten auch Béla Bartók gespielt und natürlich Webern.

»Aber das Interessanteste ist«, fügte Berghoff hinzu, »daß man am Abend der Erstaufführung mit dem 4. Streichquartett begonnen hat, und zuletzt hat man Schönberg einfach wiederholt. Ganz unglaublich!« rief er. »Heute könnte man so etwas keiner Konzertagentur, und sei es auch nur als Gag, anbieten. Aber wer eine Elizabeth Sprague-Coolidge zur Seite hatte, der konnte auf etwas Ungewöhnliches gefaßt sein. Sie hat das Quartett in Auftrag gegeben. Was sie dafür gezahlt hat, weiß man nicht. So viel allerdings ist sicher: Für die Erstaufführung in Wien brauchte man ihre Erlaubnis.«

Er sprach noch davon, wie erstaunlich es sei, daß

man damals, obwohl ständig auf Reisen und obwohl man drei Konzerte pro Woche hatte geben müssen, daß man noch Zeit und Kraft zu einer Schallplattenaufnahme gefunden habe.

»Was machen die Kinder? Haben sie nicht Ferien?« fragte von Rosen und schlug vor, am nächsten Sonntag gemeinsam etwas zu unternehmen.

»Was sollten wir unternehmen?« antwortete Berghoff, und in einem Ton, den von Rosen nicht deuten konnte.

Nachdem die Probe zu Ende war, zögerte er, mit seinem Auto wie üblich als erster durch den Torbogen zu fahren. Er blieb aber nicht zurück, sondern achtete darauf, daß er den vorausfahrenden von Rosen, bis dieser in Richtung Potsdam abbog, nicht aus den Augen verlor, und als er die Mommsenstraße erreicht hatte, versuchte er, mit einem raschen Blick herauszufinden, ob hinter den Gardinen seiner Wohnung Licht brannte. Es brannte Licht, und dies fand Berghoff nur selbstverständlich.

›Natürlich sind sie nicht weggefahren, nachdem ich mein Einverständnis verweigert habe‹, dachte er.

Erleichtert schloß er die Tür auf, und ob er etwas rief, etwas, das als Begrüßung gemeint war, oder ob er, als er in der Garderobe den Mantel auszog, schon ahnte, daß da niemand war, der ihm antworten würde, dies wußte Berghoff, nachdem er das Wohnzimmer betreten hatte, nicht mehr zu sagen. Ein Zettel lag auf dem Tisch.

»Entschuldige«, stand da in großen, schwungvollen Buchstaben, »ich wollte anrufen, konnte dich aber nicht erreichen. Falls nichts dazwischenkommt, sind wir abends in Reichenhall.«

Berghoff ging zum Telefon, um die Schwiegermutter anzurufen, legte aber, als er ihre Stimme hörte, den Hörer wieder auf.

›Was‹, dachte er, ›soll ich ihr sagen! Soll ich sagen, daß ihre Tochter, mit der ich verheiratet bin, ohne mich Urlaub zu machen wünscht. Und daß sie mir auf einem dürftigen Zettel und in aller Eile hingekritzelt hat, wo sie unterzukommen gedenkt?‹

Er hatte Rückenschmerzen, spürte, daß er überanstrengt war. Er ging durch die Räume, überall brannte Licht, im Kinderzimmer waren die Betten frisch bezogen, und in der Küche, die nach einem Reinigungsmittel roch, war der Kühlschrank, offenbar hatte Elisabeth in aller Eile nochmals eingekauft, bis oben hin voller Eßsachen. Obwohl er keinen Appetit hatte, aß Berghoff einige Scheiben Brot. Die Dose Bier nahm er mit ins Wohnzimmer, und nun wartete er darauf, daß die Zeit verging, die Zeit, in der Elisabeth und die Kinder unterwegs sein würden.

›Die Fahrt bis München dauert gute sechs Stunden‹, dachte Berghoff. ›Dann nochmals anderthalb Stunden bis Reichenhall.‹ Und gegen elf Uhr meinte er, jetzt würde es sich lohnen, dort anzurufen. Er griff nach dem Zettel, auf dem Elisabeth die Rufnummer der Pension notiert hatte. ›Wenn sie, ohne sich zu verabschieden, solch eine weite Reise unternehmen‹, dachte Berghoff, ›verdienen sie keinen Anruf. Zumindest heute abend nicht. Morgen werden wir weitersehen‹, dachte er und trank den Rest Bier aus, obwohl es inzwischen schal geworden war.

7

Berghoffs Schwiegermutter wohnte in Weißensee. Sie hatte eine geräumige Villa gekauft, hatte sie renovieren lassen, und sie lebte allein, hatte ihre Tochter und Berghoff nie aufgefordert, zu ihr zu ziehen. Obwohl genügend Platz gewesen wäre.

›Was soll sie allein mit zwei Stockwerken‹, dachte Berghoff, während er sich durch die sparsam eingerichteten Räume führen ließ.

Die Wände waren farbig tapeziert, überall standen Möbel aus dem 19. Jahrhundert, hier und dort etwas Modernes, ein mit Segeltuch überspannter Stuhl oder eine Halogenlampe, und in fast jedem Zimmer hing eine Fotografie des verstorbenen Ostermaier.

»Brauchst du Hilfe?« fragte Berghoff.

»Nein«, antwortete die Schwiegermutter, »ich komme allein zurecht.«

Elisabeth und ihre Mutter hatten einiges gemeinsam. Auch Frau Ostermaier hielt sich etwas zu aufrecht, als müsse sie auf Distanz achten. Auch sie war hochgewachsen und hatte fülliges Haar, das kaum etwas von seinem Glanz verloren hatte. Auch sie legte Wert darauf, daß man geschmackvoll und stilsicher gekleidet war, aber sie war verständnisvoller als ihre Tochter. Das heißt, man konnte, wenn man Sorgen hatte, damit rechnen, daß sie darauf eingehen würde. Und was Berghoff betraf, so wußte sie sehr wohl, daß es mit Elisabeth hin und wieder Schwierigkeiten gab. Sie deckte den Frühstückstisch, wartete darauf, daß ihr Schwiegersohn anfangen würde zu reden.

»Wie geht es den Kindern?«

»Danke, ausgezeichnet«, antwortete Berghoff und nahm seine Kaffeetasse auf.

Nach einer halben Stunde erklärte er endlich, was ihn veranlaßt hatte, so früh und mit einer nachdenklichen Miene an ihrer Tür zu klingeln. Vierzehn Tage seien vergangen, und er, Berghoff, sei immer noch allein in der Wohnung.

»Elisabeth hat mir erklärt, daß sich Margret am Fuß verletzt hat. Es ist nichts Schlimmes, offenbar eine leichte Verstauchung, und man muß abwarten, bis sie wieder ohne Beschwerden gehen kann.«

»Ich würde mir keine Gedanken machen«, sagte Frau Ostermaier. »Elisabeth mag es nicht, wenn man ihr etwas vorschreibt.«

»Was heißt vorschreibt«, sagte Berghoff. »Sie wollte, dies hat sie versprochen, vor Beginn der Tournee zurück sein.«

»Hat sie das wirklich versprochen? Du kennst sie doch«, sagte die Schwiegermutter. »Je mehr man sie bedrängt, desto stärker zieht sie sich zurück. Das hat sie von ihrem Vater.«

Und als Berghoff dies nicht gelten lassen wollte, als er meinte, ihm sei die Zurückhaltung, die kühle Art, das gewisse Lächeln Elisabeths immer ein Problem gewesen, nahm sie seine Hand und rief:

»Ja, warum hast du sie dann geheiratet!«

Berghoff wurde blaß, und die Schwiegermutter sah ein, daß sie ihm mit dieser Bemerkung etwas zugemutet hatte. Sie versuchte einzulenken, versprach, ihre Tochter zur Rede zu stellen.

»Es geht natürlich nicht, daß sie dich derart im unklaren läßt«, sagte sie, und Berghoff beschloß, nachdem er sich verabschiedet hatte, an diesem Morgen später zur Probe zu gehen.

Er fühlte sich kraftlos, winkte der Schwiegermutter, die in der Haustür stand, noch einmal freundlich zu, fuhr einige Umwege, um sich die Gegend am Orankensee anzusehen, und eine Stunde später, nachdem er seinen Wagen im Hof der Fabrikhalle geparkt hatte, ging er die Kellertreppe, deren Tür nicht abgeschlossen war, hinunter, um sich im Dunkeln bis zu dem Lichtschalter durchzutasten.

»Merkwürdig.« Berghoff spürte, wie ihm

jemand von hinten die Hand auf die Schulter legte. »Merkwürdig, daß du hier unten Licht anmachst, um dir das Gerümpel anzusehen.«

Es war von Rosen. Er lachte ihm gut gelaunt ins Gesicht, war ihm offenbar aus Neugierde gefolgt, und nachdem man nochmals darüber gestaunt hatte, was hier alles an ausrangiertem Mobiliar, und ausgerechnet im Keller einer ehemaligen Fabrik, zusammengetragen worden war, ging man zur steilen Treppe zurück. Das heißt, Berghoff wartete am Kasten, bis von Rosen das Erdgeschoß erreicht hatte, dann erst machte er das Licht aus, und es dauerte eine Weile, ehe auch er an der Kellertür erschien.

Für dieses Mal hatte man sich den 4. Satz, das Allegro, vorgenommen. Wernicke meinte, man solle, sozusagen um den Ausgangspunkt zu finden, wenigstens das Unisono des 3. Satzes nochmals spielen, und nun passierte Berghoff ein Vibrato, das gänzlich deplaciert war und für das er sich sofort entschuldigte.

»Was ist mit dir. Hast du Sorgen?« fragte von Rosen und legte dem Freund, wie im Keller schon, die Hand auf die Schulter. »Was ist mit dir«, wiederholte er. »Unsere Dachterrasse ist fertig. Willst du nicht mit Elisabeth nach Potsdam kommen, um sie dir anzusehen?«

Nach der Probe hatte Berghoff keine Eile, die Mommsenstraße zu erreichen. Vielleicht, weil er nicht wieder allein am Küchentisch sitzen wollte, um eine Pizza oder einen Eintopf aus der Dose zu essen. Lange schon hatte er auf Fleisch und frisches Gemüse verzichtet. Er fuhr im Schrittempo durch die Tiergartenstraße, und eine Viertelstunde später, als er den Olivaer Platz erreicht hatte, bog er nicht, was nötig gewesen wäre, um zu seiner Wohnung zu kommen, in die Leibnizstraße ein. Er fuhr weiter bis Halensee und darüber hinaus auf die Autobahn bis zur Ausfahrt in Richtung Potsdam, und von Rosen staunte nicht schlecht, als Berghoff plötzlich vor seiner Haustür stand.

»Du hast mich neugierig gemacht«, sagte Berghoff. »Ich hoffe, du hast einige Minuten Zeit, mir deine Dachterrasse zu zeigen.«

Von Rosen machte keine Umstände, entschuldigte sich für einen Augenblick, um eine Flasche Wein und etwas Gebäck zu holen, dann führte er den Freund über eine Außentreppe nach oben, und die Dachterrasse war tatsächlich imposant. Nicht nur die Ausmaße, es waren zwanzig Meter im Quadrat, überall standen in Kübeln kleine Buchsbäume, in der Mitte ein marmorner Tisch, dazu verstellbare Holzstühle, die Umrandung war aus Feldsteinen gemauert, und man sah auf die Havel. Berghoff schlug den Mantelkragen hoch, da es hier oben, das Wetter war naßkalt, von allen Seiten her zog, und als es zu nieseln begann, saßen die beiden immer noch da, tranken ihren Wein, und irgendwann schlug von Rosen vor, ins Haus zu gehen.

»Bevor wir uns erkälten«, sagte er.

»Ich friere nicht«, antwortete Berghoff und kam auf Schwierigkeiten, die er auf den Proben beobachtet hatte, zu sprechen. Genauer: Er äußerte den Verdacht, daß Stern mit dem Part der zweiten Violine nicht zurechtkommen würde. »Vielleicht will er lieber das Cello spielen.«

»Unsinn«, sagte von Rosen.

Berghoff ließ nicht locker. Er erwähnte, daß er einmal, als dieser sich verspätet hatte, in Sterns Wohnung gewesen sei und daß da zwei benutzte Cognacgläser auf dem Teppich gestanden hätten.

»Und im Nebenzimmer hielt sich jemand versteckt.«

»Was willst du damit sagen?«

»Nichts.«

Berghoff lobte den Dachgarten, gab Ratschläge, wie man ihn besser gegen die zugige Luft absichern könnte, und zuletzt war er einverstanden, als von Rosen ihm seine Porzellansammlung zeigen wollte, für die man eine zweite Glasvitrine gekauft hatte. Sie war noch nicht eingerichtet. Geduldig half Berghoff von Rosen beim Umräumen, bewunderte diese und jene Neuanschaffung, aber als von Rosen nochmals Tee aufbrühen wollte, winkte er ab.

»Ich hätte sowieso nicht herkommen dürfen«, sagte er. »Ich bin sicher, daß Elisabeth und die Kinder zurück sind und in der Mommsenstraße auf mich warten.«

Als er über die Avus fuhr, spürte er, wie jedes weitere Mißtrauen, das er Stern gegenüber geltend machen wollte, ins Leere ging, und er genierte sich, daß er versucht hatte, ihn anzuschwärzen.

›Und auch Elisabeth‹, dachte er. ›Was ist schon dabei, wenn sie einmal, ohne mit mir zu reden, die Sachen packt, um mit den Kindern Urlaub zu machen. Ich bin es schließlich, der immer diese Vermutungen anstellt.‹ Und als hätte ihn dieses Eingeständnis befreit, wurde ihm der Vorwand, mit dem er sich bei von Rosen verabschiedet hatte, plötzlich zur Gewißheit. ›Natürlich sind sie längst da‹, dachte Berghoff. ›Und sie haben angerufen, um mir zu sagen, daß ich sie vom Bahnhof abholen soll. Und ich Idiot habe das Handy in der Aktentasche liegenlassen.‹

Er streckte den rechten Arm aus. Es gelang ihm, die Aktentasche, die auf dem Rücksitz lag, zu öffnen, und als er das Handy in der Hand hatte, war er versucht, ›sie sitzen vielleicht schon beim Abendessen‹, dachte er, sich für seine Nachlässigkeit zu entschuldigen.

Er wählte die Nummer, meinte auch eine Stimme zu hören.

»Ich komme. In fünf Minuten bin ich da!« rief er, und nun fuhr er schneller, immer schneller, weit über das vorgeschriebene Tempo hinaus, und er hatte Mühe, nachdem er die Ausfahrt zum Kurfürstendamm erreicht hatte, den Fuß vom Gaspedal zu nehmen. Er drängelte, überholte auf der Busspur, hatte keine Geduld, sich am Olivaer Platz vor der Ampel in die Autoschlange einzureihen. Statt dessen fuhr er mit quietschenden Reifen über die schmale Einfahrt, die den Taxifahrern vorbehalten war, nach links in die Giesebrechtstraße, und als er den Mayerinckplatz hinter sich hatte, als er über die Wilmersdorfer Straße hinweg, es war ein kurzer Haken nach rechts, endlich in die Mommsenstraße einbog, ja, hier schon versuchte Berghoff, mit einem Blick herauszufinden, ob hinter den Gardinen seiner Wohnung Licht brannte.

Es brannte Licht, und zum Glück fand er sofort einen Parkplatz. Er riß die Aktentasche an sich, eilte die Treppe hinauf. Erleichtert schloß er die Tür auf, und ob er etwas rief, etwas, das als Begrüßung gemeint war, oder ob er, als er ins Wohnzimmer stürzte, schon ahnte, daß er sich geirrt hatte, dies wußte Berghoff auch diesmal nicht zu sagen. Auf dem Tisch lag Elisabeths Zettel, den er nicht mehr angerührt hatte. Auch die zusammengelegte Tischdecke hatte niemand verrückt. Alles war so, wie er es verlassen hatte, und doch, Berghoff traute seinen Augen nicht: Auf dem Vertiko hatte sich etwas verändert. Dort stand neben der Uhr, wie zu einem Stilleben dekoriert, der Bogen lag quer über dem Griffbrett, darüber das Zertifikat, dies erkannte Berghoff sofort, die Mittenwalder Geige!

8

Die Wohnung in der Mommsenstraße war an die zweihundert Quadratmeter groß, und sie war außerordentlich schön geschnitten. Es gab zwei Balkons, der eine ging auf die Straße, der andere auf den mit Kastanien bestandenen Hof hinaus, und Berghoff hatte mehrmals mit dem Gedanken gespielt, einen der Balkons verglasen zu lassen. Die Zimmer im vorderen Trakt waren karg möbliert. Links lag das Kinderzimmer mit den Betten, dem Schrank und zwei kleinen Tischen, das mittlere Zimmer war das Wohnzimmer, und vom rechten Zimmer, von Berghoffs Arbeitszimmer aus, führte ein schmaler Korridor zu weiteren Räumen: Da waren das Schlafzimmer und daneben, unmittelbar vor dem Eingang zur Küche, das Bad und eine Gästetoilette. Berghoffs Arbeitszimmer war mit halbhohen Regalen vollgestellt. Hier hatten sich Tonbänder, Partituren, musikwissenschaftliche Bücher angesammelt. Aber es gab auch Belletristik, einige Romane der Weltliteratur und darunter durchaus solche, in denen sich Berghoff, hätte er sie gelesen, in seiner augenblicklichen

Lage wiedererkannt haben würde. Aber er las keine Romane, es war die Musik, durch die er sich Klarheit verschaffte, und so saß er, nachdem er in der Küche ein Glas kaltes Wasser getrunken hatte, im Wohnzimmer und grübelte darüber nach, wer ihm die Mittenwalder Geige aufs Vertiko gestellt haben könnte. Elisabeth war mit den Kindern immer noch in Bad Reichenhall. Außerdem hatte sie erklärt, daß man sich eine solch teure Geige nicht würde leisten können. Und woher sollte sie die Adresse des Inserenten erfahren haben! Von Stern vielleicht?

Berghoff zog seinen Mantel an und ging über die Straße hinweg zur Bankfiliale, wo er sich mit einer Kreditkarte Einlaß verschaffte, und im Vorraum, wo die Automaten aufgestellt waren, ließ er sich den Kontostand ausdrucken.

›Falls sie die Geige bezahlt hat, müßten achtzehntausend Mark fehlen‹, dachte er.

Aber es fehlte kein Geld, im Gegenteil: Vorige Woche war dem Konto der vereinbarte Vorschuß der Firma Polydor gutgeschrieben worden.

›Obwohl‹, dachte Berghoff, ›die Summe sollte eigentlich erst im Mai überwiesen werden.‹

Eine halbe Stunde später saß er in der Küche. Er hatte sich vom Italiener eine Pizza mitgebracht, die er in der Pfanne aufwärmte, und irgendwann, nachdem er hastig gegessen hatte, nahm er, obwohl vor kurzem erst die Putzfrau dagewesen war, den Staubsauger zur Hand. Dies ging eine Weile. Besonders gründlich saugte er Küche und Schlafzimmer. Zwischendurch schien es ihm, als hätte er das Telefon läuten hören. Aber immer, wenn er das Gerät abschaltete, war da nichts mehr, so daß er, um einen erneuten Anruf nicht zu versäumen, den Staubsauger zurück hinter den Vorhang schob. Und warum ging er nicht zum Telefon, um Elisabeth zu bitten, endlich nach Hause zu kommen?

›Sie wird mich auslachen‹, dachte Berghoff. ›Und mich wieder mit den Kindern reden lassen.‹

Und auch die Schwiegermutter, mit der er fast jeden Abend telefonierte, auch sie fand nichts Besonderes daran, einmal längere Zeit auf die Familie zu verzichten, und sie hatte ihn energisch aufgefordert, nicht immer nur danach zu fragen, mit welcher Absicht und von welchem Geld Elisabeth die Mittenwalder Geige besorgt hatte. Es war eine Überraschung, und er sollte sich einfach darüber freuen!

›Warum nicht‹, dachte Berghoff.

Er trat ans Vertiko, fuhr mit dem Finger über das schön gemaserte Holz. Er prüfte die Saiten. ›Sie müßten erneuert werden‹, dachte er und notierte sich, auch um die Echtheit des Zertifikats zu überprüfen, die Adresse eines Berliner Geigenbauers.

Das Griffbrett war beinahe unzerkratzt, und der Lack, das war schließlich das Kostbarste an solch einem Instrument, der Lack, obwohl hier und dort rissig, durfte auf keinen Fall nachgebessert werden.

›Das könnte den Klang abflachen‹, dachte Berghoff. ›Die Alten hatten ihre Geheimnisse.‹ Und keine Viertelstunde später hörte man, wie er zuerst eine Tonleiter, dann verschiedene Motive der ersten Violinsonate von Bach ausprobierte.

Am nächsten Tag, nachdem sich alle wieder in der Fabrikhalle versammelt hatten, tat Berghoff so, als hätte er die alte Geige in der Hand. Aber natürlich bemerkten die anderen, da er sie gebeten hatte, das Unisono einmal allein spielen zu dürfen, wie gespannt er darauf wartete, daß man ihn unterbrechen würde. Und tatsächlich:

»Du hast also das teure Stück an Land gezogen«, sagte von Rosen.

Und nun ging die Geige von Hand zu Hand, und Berghoff nahm auch die Bewunderung Sterns wie selbstverständlich entgegen. Auf dem Weg zum Bistro, er hatte sich das erste Mal entschlossen, einen Kaffee zu trinken, auf dem Weg zum

Bistro, sie warteten an der Ampel, die anderen hatten die Straße schon überquert, konnte Berghoff eine Bemerkung nicht unterdrücken:

»Du hast dein Versprechen gehalten«, sagte er, sprach aber derart leise, daß er nicht sagen konnte, ob Stern ihn verstanden hatte.

Im Bistro erkundigte sich Stern nach Wernickes linker Hand, deren Zustand sich verschlechterte. Wernicke versuchte ihn zu beruhigen. Für die Tournee, versicherte er, könne er garantieren, aber er habe Schmerzen. Dann winkte er ab, und Berghoff, der in seinem Terminkalender blätterte, fügte lachend, als wollte er die Sache auflockern, hinzu:

»Auch ich habe meine Probleme. Aber die sind in drei, vier Tagen behoben. Jetzt habe ich eine echte Mittenwalder. Und wenn erst die Kinder wieder zu Hause sind... Ihr werdet sehen, wie rasch wir den Schönberg hinter uns bringen.«

Die Zeit drängte. Man besprach Einzelheiten der bevorstehenden Tournee, und Berghoff mußte zugeben, daß es ihm nicht gelungen war, die Premiere von Kiel nach München zu verlegen.

»Oder wir lassen Kiel fallen«, sagte er, ein Vorschlag, den man verwarf.

Mit Schönberg mußte man zu einem befriedigenden Ergebnis kommen, und so nahm man sich nach der Kaffeepause ernsthaft und ohne eine Unterbrechung zuzulassen, den 4. Satz, das Allegro, vor. Sie hatten die Fenster geöffnet. Es war Vorfrühling, eine warme, irgendwie würzige Luft drang ein, und Berghoff hatte die Mittenwalder Geige!

Ja, die Geige, auf der das Amabile-Thema besonders überzeugend und eindringlich wirkte. Über 21 Takte hinweg behielt Berghoff das Hauptthema. Cello, Bratsche, zweite Violine begleiteten ihn lediglich mit rhythmisch skandierten Zweiklängen, bis Berghoff mit dem Takt 714 das erste Nebenthema eröffnete. Es war ein Auf und Ab von Nonensprüngen, Terzen und Sexten, die Motive wurden hierhin und dorthin variiert, und nach einer Generalpause wurde, leicht verändert, das Amabile von der zweiten Geige wiederholt. Mit dem Takt 733 begann ein neues Hauptthema, und diesmal war es das Violoncello, das im $^{9}/_{8}$-Rhythmus die Führung übernahm. Darüber die anderen Instrumente, das Thema wanderte vom Cello zur ersten Violine und wieder zurück, und mit dem Takt 740 wiederholte die Bratsche, und diesmal in hohen Lagen, nochmals das Amabile-Thema. Es folgten dreistimmig gesetzte Klänge, die melodisch aufgegliedert wurden. Wo die Bratsche das Hauptthema vortrug, kontrapunktierte die erste

Violine, die zweite Violine ging mit leichten Triolen darüber hinweg. Es war eine Art Rondo, das sich bis zur äußersten Kunstfertigkeit zu immer neuen Variationen steigerte, bis endlich, mit dem Takt 935, die Schlußkadenz erreicht war.

»Geschafft!« Mit diesem Ausruf endete das Bemühen um den späten und schwierigen Schönberg. Jetzt war man sicher, damit vor dem kritischsten Publikum bestehen zu können, und nun hatte auch niemand etwas dagegen, daß Berghoff wieder einige Anekdoten über die Uraufführung zum besten gab.

»Veranstalter war«, sagte er, »das Commitee on Lectures, Music and Drama der University of California at Los Angeles, gesponsert durch die Elisabeth Sprague-Coolidge Foundation.« Und er wußte auch, indem er einen Zettel hervorzog, wie sich Schönberg dazu geäußert hatte. »Hört euch das an«, sagte er, »am 14. Januar 37 schrieb er: ›Das Konzert war ein voller Erfolg. Das Publikum wuchs von Mal zu Mal. Im ersten Konzert waren etwa sechshundert bis siebenhundert Leute, im zweiten annähernd tausend, im dritten ungefähr eintausendzweihundert und im vierten eintausendfünfhundert. Wenn nicht mehr!‹« rief Berghoff.

Eintausendfünfhundert Zuhörer, das war allerdings ein Ziel, aufs innigste zu wünschen! Man besprach die Anreise nach Kiel, wollte eventuell einen Kleinbus mieten. Nochmals überprüfte man alle nachfolgenden Termine. Berghoff verteilte Kopien der Vereinbarung, die er mit der Firma Polydor abgeschlossen hatte, und damit schien alles geklärt.

Zwei Tage später setzte sich Berghoff an Elisabeths Sekretär und schrieb einen Brief:

»Ich danke Dir für die Mittenwalder Geige, und ich will nicht weiter darüber nachdenken, warum wir uns vor Beginn der Tournee nicht mehr sehen konnten. Ich hoffe, Ihr habt Euch beim Skilaufen erholt, und falls Du Lust hast, mich anzurufen, hier ist die Liste mit den Terminen und den Hoteladressen. In Salzburg haben wir zwei Tage Zeit. Es würde mich freuen, wenn Du allein oder mit den Kindern zu uns stoßen würdest. Den Kühlschrank habe ich leer gegessen. Danke. Und die Wohnung habe ich, soweit mir dies möglich war, in Ordnung gehalten. Also bis bald, und grüß die Kinder von mir. Dein Friedhelm.«

Nochmals überflog er die Zeilen, verbesserte hier und dort etwas, das ihm unleserlich erschien, war versucht, in einer Nachbemerkung zu fragen, wo sie das Geld für die Geige aufgetrieben hätte. Aber dies wäre eine Spur zu vorwurfsvoll gewesen.

›Zu vorwurfsvoll‹, dachte Berghoff und empfand so etwas wie Genugtuung darüber, daß es ihm gelungen war, gerade jetzt, obwohl er Grund dazu gehabt hätte, jeden Vorwurf zu vermeiden.

9

Das erste Konzert in Kiel verlief ereignisarm. Ob es ein Erfolg war, konnte Berghoff nicht sagen, auch nicht, ob es ihnen gelungen war, mit dem Opus 37 von Schönberg zu überzeugen, aber er hatte Freude an der Mittenwalder Geige. Die Presse am übernächsten Tag war enttäuschend. Es gab, was das Programm betraf, einige Einwände, aber dafür war die Zustimmung in Hamburg, wo sie das dritte Konzert gaben, ganz außerordentlich. Während sie spielten, fegte ein Sturm über die Stadt hinweg. Man hörte in dem mit Glas überdachten Saal, der ausverkauft war, ein unterdrücktes Rauschen, fühlte sich aber nicht beeinträchtigt, und am nächsten Morgen war man, früher als geplant, wieder mit dem Kleinbus unterwegs. Nicht nach Braunschweig, was vernünftig gewesen wäre, nein, sie mußten erst die lange Reise nach Würzburg machen, um Tage später über Fulda nach Braunschweig zurückzukehren, und von dort ging es an Nürnberg vorbei nach München. In München waren sie das erste Mal komfortabel untergebracht, und im Herkulessaal, ja, hier endlich hatten sie den Eindruck, vor einem kompetenten Publikum zu spielen. Aber es gab auch die ersten Verstimmungen. Gertrud war ihnen nachgereist, so daß von Rosen für den Rest der Tournee mit dem eigenen Wagen unterwegs sein konnte, und sie bedauerte, daß Elisabeth nicht anwesend war.

»Ich habe versucht sie anzurufen, und da sich niemand meldete, war ich sicher, sie wäre hier«, sagte sie. Und als Berghoff erklärte, daß dies schon wegen der Kinder nicht möglich sei, sagte Gertrud: »Aber ihr könnt sie doch bei der Großmutter lassen!«

Berghoff schwieg, vielleicht auch, weil Stern in der Nähe stand und weil er den Eindruck hatte, er würde ihnen zuhören. Und lächelte er nicht vielsagend, als er zur Bar schlenderte? Er bestellte einen Whisky, und Berghoff, der seit Beginn der Tournee, sie waren eine Woche unterwegs, immer verträglich gewesen war, jetzt kam er von dem Verdacht nicht los, daß jener dort, der, wie ihm schien, genüßlich und mit ausholender Bewegung das Glas an seine Lippen setzte, daß Stern nicht von ungefähr dem kurzen Wortwechsel zwischen ihm, Berghoff, und von Rosens Frau zugehört hatte.

›Es gefällt ihm, daß ich Gertruds Frage nach

Elisabeth nicht beantworten konnte. Aber vielleicht kann er mir sagen, wo sie ist‹, dachte Berghoff und spürte, daß es jetzt an der Zeit war, auf sein Zimmer zu gehen.

Er hatte die letzten Nächte wenig geschlafen, und als das Telefon klingelte, schreckte er hoch. Es war die Rezeption, die er um irgendeine Auskunft gebeten hatte, und nachdem dies erledigt war, blieb er aufrecht im Bett sitzen. Er spürte sein Herz schlagen. Es war nicht das gelegentliche Stolpern, das er gewohnt war, auch kein nervöses Rasen, vielmehr spürte er, wie hart und dumpf, beinahe unerbittlich regelmäßig der Herzmuskel in Bewegung war. Es war kein Krampf, und Berghoff hatte auch keinen Augenblick das Gefühl, es könnte ihm etwas passieren. Er wußte, daß es lediglich der Ärger über Elisabeth war. Sie hatte sich immer noch nicht gemeldet, und er, Berghoff, hatte es sich untersagt, in der Mommsenstraße anzurufen. Wozu auch! Nur um das Telefon in einer womöglich unbenutzten Wohnung wie sinnlos klingeln zu lassen?

Auf der morgendlichen Probe im Herkulessaal achtete er darauf, indem er seinen Stuhl nach hinten rückte, Stern nicht allzu aufdringlich im Blick zu haben, ja, er versteckte sich beinahe hinter von Rosens Violoncello, und vielleicht war dies der

Grund, warum nun Stern seinerseits irritiert war und plötzlich fragte:

»Ist etwas mit deiner Geige? Ich glaube, ich habe jetzt auch ein Klirren gehört.«

»Sei nicht albern«, sagte von Rosen. »Friedhelm spielt längst auf der anderen Geige.«

»So«, antwortete Stern.

Und nun hätten alle über dieses Mißverständnis wie über eine witzige Bemerkung lachen können, aber irgendwie blieb ein ungutes Gefühl. Es dauerte, ehe Wernicke vorschlug, doch noch einmal mit dem Unisono des 3. Satzes zu beginnen. Sie nahmen die Instrumente auf. In der halben Stunde, die ihnen noch blieb, verlief alles reibungslos. Am Abend allerdings kam es, wenn auch hinter den Kulissen und nachdem man die letzte Verbeugung absolviert hatte, zu einem Eklat.

Es begann damit, daß Berghoff völlig überraschend schon den Anfang des Quartetts, genauer die ersten sechs Takte, viel zu schnell anging, so daß besonders Stern Mühe hatte, sich darauf einzustellen, und erst seine wütenden Blicke veranlaßten Berghoff, sich wieder an die Absprachen zu halten. Bis zum Comodo, wo er zu laut war und wo er das Con sordino der Bratsche, obwohl ein Pianissimo vorgeschrieben war, ständig attackierte. Zuletzt folgte das heimtückische Vibrato im

Unisono des 3. Satzes. Es war kein Patzer, dies wäre lediglich blamabel gewesen, nein, es wirkte absichtsvoll und mit äußerster Raffinesse ausgeführt, so daß der Eindruck entstand, der vielstimmig überdehnte, quälende, aber doch tröstliche Ton, von allen vier Instrumenten mit äußerster Konzentration in der Balance gehalten, könne jederzeit aus den Fugen geraten.

»Was fällt dir ein!« Es war ein unterdrücktes Brüllen, mit dem Stern, er hielt noch Geige und Bogen in der Hand, Berghoff an den Kragen gehen wollte. »Was fällt dir ein, uns derart unmöglich zu machen!«

Aber schon hatten ihn die anderen abgedrängt. Niemand hätte etwas gemerkt, meinte Wernicke. Von Rosen sorgte dafür, daß das kurze Gerangel, das nun entstand, erst in der Garderobe fortgesetzt wurde, und hier war es Berghoff, der, mit hochrotem Kopf und zitternd vor Erregung, Stern an den Schultern festhielt.

»Jeder nimmt sich heraus, was er für richtig hält! Ich weiß, wie man Schönberg spielt, und du weißt, wie man jemandem die Frau ausspannt!«

»Was meinst du damit?«

Die Antwort war eindeutig. Ob der Name Elisabeth fiel, wußte hinterher niemand zu sagen, aber die Verzweiflung, mit der Berghoff den anderen, der, wie er meinte, dabei war, seine Ehe zu zerstören, die Wut, mit der er ihn gegen die Wand drückte, wobei er, eine Geste der Hilflosigkeit, nicht einmal in der Lage war, Stern mit einem Würgegriff wirklich zu gefährden, dies alles machte die anderen betroffen. Stern wehrte sich nicht und blieb in ebender Haltung, die ihm der andere aufzwang, mit dem Rücken zur Wand, den linken Fuß gegen ein Stuhlbein gepreßt, stehen, und als Berghoff mit den glatten Ledersohlen auf dem Parkett ausrutschte, war es für einige Augenblicke still. Man wartete, bis er sich wieder erhoben hatte, dann sagte von Rosen:

»Auf eines können wir stolz sein. Wir haben den Schönberg trotz allem hervorragend über die Rampe gebracht.«

Eine Stunde später saßen die vier an der Bar ihres Hotels. Von Rosen und Wernicke hatten sich etwas zu erzählen, etwas, das sie offensichtlich erheiterte. Stern, der rechts neben ihnen saß, löste in einer Wochenzeitschrift das Kreuzworträtsel, und Berghoff hielt sich abseits. Das heißt, er stand neben seinem Hocker, hatte einen Geldschein auf den Tresen gelegt, tat, als hätte er es eilig, auf sein Zimmer zu gehen, ließ sich aber auffallend viel Zeit, das Glas Bier auszutrinken.

Um Mitternacht ging er, ohne sich von den anderen zu verabschieden, zum Fahrstuhl. Im Zimmer schaltete er den Fernseher ein. Er begann sich auszuziehen, griff nach dem Pyjama, und als er ins Bad gehen wollte, um sich die Zähne zu putzen, klopfte es an der Tür. Stern trat ein.

10

Was die beiden miteinander zu besprechen hatten, erfuhr niemand. Es fiel lediglich auf, daß Stern am nächsten Tag mit dabei war, als Berghoff sich mit einem einflußreichen Kritiker traf, eine Pflicht, die er sonst allein absolvierte. Außerdem bestand Stern darauf, daß man die konzertfreien Tage in Salzburg den beiden Ehefrauen widmen sollte. Den beiden Ehefrauen? Außer Gertrud, die gewünscht hatte, die Anlage von Schloß Hellbrunn und andere Sehenswürdigkeiten in der Nähe Salzburgs zu besichtigen, gab es niemanden, auf den sich diese Bemerkung hätte beziehen können.

»Oder erwartest du Elisabeth?« fragte von Rosen.

Berghoff lächelte vielsagend, blieb aber die Antwort schuldig. Man war sich einig darüber, daß München, obwohl es Unstimmigkeiten gegeben hatte, ein wichtiger Erfolg gewesen war, und doch hatte man, was Salzburg anging, höhere Erwartungen. Hier konnte man internationale Kontakte knüpfen, und während der Osterfestspiele waren die Veranstaltungen ausgebucht. Man faßte gute Vorsätze, wollte sich endlich einmal Zeit für die Besichtigung der Stiftskirche, für die Katakomben auf dem Petersfriedhof oder für die Franziskanerkirche mit dem gotischen Chor nehmen. Gut gelaunt stieg man in den Kleinbus. Von Rosen war mit seiner Frau vorausgefahren, und Berghoff bestand darauf, am Steuer zu sitzen. Er hatte es eilig, fuhr, wie die anderen meinten, etwas zu riskant durch die Innenstadt, und auf der Autobahn wollte er plötzlich wissen, wie viele Personen in dem Bus Platz finden könnten und ob eventuell jemand bereit sein würde, in von Rosens Wagen umzusteigen.

»Aber wir haben doch genügend Platz«, sagte Wernicke.

Dann kam man nochmals auf Berghoffs Vorschlag zurück, die Anordnung der Instrumente zu ändern.

»Wie auf dem Foto der Archivaufnahme. Das Cello neben der ersten Geige«, sagte Wernicke. »Und wer weiß«, fügte er hinzu. »Vielleicht gewinnen wir dadurch tatsächlich mehr Spannung.«

Als sie das Hotel in Salzburg erreicht hatten, sprang Berghoff sofort aus dem Bus und lief zur Rezeption. Die anderen luden das Gepäck aus, warteten, bis jemand kam, um den Bus in die Garage zu fahren, und als Stern und Wernicke in die Empfangshalle traten, schien Berghoff immer noch mit einem Angestellten zu verhandeln. Er verlangte ein Doppelzimmer, geräumig genug, um eventuell noch zwei Kinder unterzubringen, und er wollte nicht einsehen, warum dies nicht möglich sein sollte. Zugegeben, die Agentur hatte lediglich ein Einzelzimmer gebucht.

»Aber meine Familie«, rief Berghoff, »hat schließlich das Recht, mit mir in demselben Hotel zu übernachten!«

Er begann darüber zu reden, etwas zu laut, beinahe auftrumpfend, daß seine Frau, mit oder ohne die Töchter, wisse er nicht zu sagen, den Anschlußzug in München verpaßt habe und daß er sich beeilen müsse, am Bahnhof zu sein, bevor der nächste Zug eintraf. Und ohne abzuwarten, ob man ihm doch noch das gewünschte Zimmer reservieren würde, und ohne sich um das Gepäck, das Stern in die Halle geschleppt hatte, weiter zu kümmern, ging er ins Freie hinaus und bestieg ein Taxi.

Eine Stunde später, Stern, Wernicke, von Rosen hatten sich mit einem Herrn von der Festspielleitung getroffen, hatten sich darauf geeinigt, so früh wie möglich, am besten sofort, den Veranstaltungsraum zu besichtigen, eine Stunde später, von

Rosen sah ständig auf die Uhr, ließ sich Berghoff immer noch nicht blicken.

»Vielleicht holt er jemanden ab«, sagte Stern. »Ihr habt gesehen, wie aufgeregt er war.«

Sie hinterließen einen Zettel mit der Nachricht, wo sie während der nächsten zwei Stunden zu finden sein würden, Stern kümmerte sich um die Mittenwalder Geige, und als sie den Saal, in dem das Konzert stattfinden sollte, betraten, staunten sie nicht schlecht, daß Berghoff bereits auf sie wartete. Er saß in der ersten Reihe des Parketts, hatte Hut und Mantel über die Knie gelegt. Er bedankte sich bei Stern, daß dieser ihm die Geige mitgebracht hatte, und nachdem sie mit ihrem Betreuer die letzten Informationen ausgetauscht hatten, bestand Berghoff darauf, endlich die Sitzordnung zu ändern. Wieder machte von Rosen ein langes Gesicht, aber schließlich saß man doch so da wie das Kolisch-Quartett auf dem Archivfoto: rechts außen Wernicke mit der Bratsche, daneben Stern mit der zweiten Violine, links außen Berghoff, von Rosen bildete mit dem Cello, er mußte mit dem Stuhl nach vorn rücken, sozusagen die Mitte.

»Jetzt sind wir näher am Publikum«, sagte Berghoff.

Er bat die anderen um Entschuldigung, erklärte, daß er versprochen habe, Elisabeth und die

Kinder abzuholen, versicherte, er war schon dabei, den Mantel anzuziehen, daß er in zwanzig Minuten zurück sein würde, und nachdem er die anderen allein gelassen hatte, sprach niemand ein Wort. Unverkennbar, daß alle bemüht waren, Berghoffs Verhalten nicht zu kommentieren.

Für dieses Mal blieb er lange fort, und als er endlich, es war gegen acht Uhr abends, ins Hotel zurückkam, erwartete ihn Stern vor der Zimmertür. Berghoff schloß auf, ließ dem anderen, ohne zu fragen, was er hier wolle, den Vortritt.

»Fürs erste hast du dich durchgesetzt«, sagte Stern und wies auf die frischbezogenen Betten. Dann sprach er davon, daß Elisabeth sich hier wohl fühlen würde, da das Zimmer, trotz der beiden Liegen, die man für die Töchter an die Wand gestellt hatte, immer noch geräumig wirkte. »Und du glaubst nicht, daß sie, statt mit dem Zug, mit dem Wagen unterwegs sein könnte?«

Berghoff, der mitten im Zimmer stand, rührte sich nicht.

»Soll ich sie anrufen?« fragte Stern und wartete, bis Berghoff sein Adreßbuch hervorgezogen hatte.

Er ging zum Telefon, wählte die Nummer in der Mommsenstraße. Er ließ es lange klingeln. Vom Korridor her, ganz in der Nähe, war ein Lachen zu hören, irgendein Zuruf, wieder ein Lachen, eine Tür schlug zu.

»Und die Mittenwalder Geige?« fragte Berghoff. »Wer, glaubst du, war in der Wohnung und hat sie auf das Vertiko gestellt?«

»Ich habe keine Ahnung«, antwortete Stern und legte den Hörer wieder auf. Und als könnte er Berghoff, der zum Schrank gegangen war, um einen Bügel für seinen Mantel herauszunehmen, doch noch helfen, sagte er: »Mach dir keine Sorgen. Es ist völlig unmöglich, daß eine Frau, mit der man so lange verheiratet ist, einfach verschwindet.«

11

Salzburg zeigte sich von der angenehmsten Seite. Die Sonne schien, in den Cafés hatte man die Stühle ins Freie gestellt, man drängte in die Geschäfte, flanierte hierhin und dorthin, die Barock- und Rokokofassaden waren von unwiderstehlicher Heiterkeit. Trotzdem: Für Berghoff blieb es eine Gespensterwelt, und er hatte Mühe, die halbe Woche, die sie in dieser Stadt verbringen sollten, durchzustehen. Kurz vor Konzertbeginn kam er in die Garderobe und bestand darauf, daß man, der Abend war ausverkauft, einen zusätzlichen Stuhl in die erste Reihe stellen sollte. Er machte Andeutungen, eine der Platzanweiserinnen hätte Elisabeth erkannt, meinte aber gleichzeitig, daß dies unwahrscheinlich wäre.

»Woher sollten sie sich kennen«, sagte er, wollte aber, daß jemand der Sache nachging.

Niemand widersprach. Ein Betreuer erklärte sich bereit, ins Foyer zu gehen.

»Sie müßte ihr Wildlederkostüm tragen, und ihre blonden Haare sind hochgesteckt!« rief Berghoff noch. Dann warteten alle, und als der

Betreuer zurückkam, nahm von Rosen Berghoff zur Seite und sagte:

»Mach dich nicht verrückt. Falls sie wirklich da ist, wird sie schon hereinkommen.«

Und nun, nach diesem Zwischenfall, hatten alle irgendwie Angst vor dem Schönberg, mit dem sie den Abend eröffnen wollten. Genauer: Sie fürchteten, daß Berghoff, wie in München, das Unisono des 3. Satzes nicht gelingen könnte oder daß er versucht sein würde, wieder mit einem Vibrato zu provozieren. Ihre Sorge war unbegründet. Nach dem ersten Satz wurde vom Foyer aus eine Tür geöffnet, verspätete Besucher wurden eingelassen. In der ersten Reihe nahm eine Frau Platz, offenbar auf dem Notsitz, der sich am Gestühlende herunterklappen ließ, aber Berghoff vermied es, ins Publikum zu sehen. Er war vollkommen konzentriert. Keine Spur mehr von der Erregtheit, die ihn kurz vor Konzertbeginn überfallen hatte. Er beherrschte seinen Part, immer darauf bedacht, sich an die Abmachungen zu halten. Den Beifall vor der Pause nahm er, wie die anderen auch, mit Gelassenheit entgegen.

»Ihr wart wunderbar!« sagte Gertrud, als sie in die Garderobe kam. Und als von Rosen erwiderte: »Warum kommst du zu spät! Und warum setzt du dich auf den Notsitz? Der war für Elisabeth reserviert«, versuchte sie zu lächeln.

Sie fand die Bemerkung ihres Mannes offenbar taktlos. Von Rosen fühlte sich bemüßigt, eine Entschuldigung zu murmeln, und Stern sprach davon, daß man den Einlaß verspäteter Besucher verbieten müßte.

»Es ist normal«, sagte Berghoff, »daß Nachzügler eingelassen werden. Im übrigen«, fügte er hinzu, »falls Elisabeth wirklich gekommen ist, wird sie müde sein.« Und er sprach davon, und je länger dies dauerte, um so zuversichtlicher wurden seine Behauptungen, daß seine Frau nie eine gute Autofahrerin gewesen sei und daß sie also die Strecke von Berlin bis hierher, »es sind über achthundert Kilometer«, sagte Berghoff, nicht ohne Unterbrechungen habe schaffen können. »Aber sie hat die Hoteladresse«, fügte er hinzu. »Und der Portier weiß Bescheid. Hoffentlich hat sie sich Zeit genommen, etwas zu essen.«

Auf dem anschließenden Empfang hatten alle Verständnis dafür, daß Berghoff sich vorzeitig verabschiedete. Er wollte zum Hotel, ging aber nicht, was nahegelegen hätte, die Hauptstraße entlang. Er nahm immer wieder Umwege, und wäre Elisabeth, wie er behauptet hatte, wirklich und womöglich mit den Kindern im Hotel angekommen, sie hätte lange warten müssen. Erst eine Dreiviertelstunde später tauchte Berghoff in der Halle auf. Er ließ sich den Schlüssel für sein Zimmer geben, und als er die Tür öffnete, sah er, daß das Zimmermädchen vergessen hatte, das Fenster zu schließen.

12

Man hatte beschlossen, einen Ausflug nach Hellbrunn zu unternehmen. Die Sorge, daß nicht alle im Bus Platz finden könnten, war jetzt unbegründet. Vier Betten waren zwar bezogen, aber drei blieben unbenutzt, und Berghoff spürte die bleierne Ruhe und die Unverrückbarkeit der Dinge um ihn her, die ihn daran hinderten einzuschlafen. Das Fenster war immer noch offen. Vom Hof her, war es eine Halogenleuchte oder ein Neonlicht, gab es einen hellen Schein. Die zusätzlichen Betten und die beiden Hocker an der Wand erinnerten Berghoff an den Keller unterhalb der Fabrikhalle in der Invalidenstraße. Sicher, dort war alles mit Gerümpel vollgestellt, aber auch hier gab es eine gewisse Unordnung, gestochen scharf und irgendwie überzeugend.

›Wie ein raffiniert ausgetüfteltes Stilleben‹, dachte Berghoff und starrte auf die Betten, deren Überdecken halb zurückgeschlagen waren.

Die Kopfkissen hatte man hochgestellt, und in der Mitte, offenbar als Begrüßung gedacht, lag jeweils ein in Silberpapier eingewickeltes Stück

Schokolade. Berghoff fand keinen Schlaf, konnte aber nicht sagen, daß ihn dies beunruhigte. Auch das unendliche Grübeln, das ihn in der Mommsenstraße gequält hatte, stellte sich nicht ein. Stattdessen versuchte er sich zu erinnern, wo er bei seinem letzten Besuch, es war Jahre her, in Schloß Hellbrunn unterwegs gewesen war, genauer: Er stellte sich den Park vor, dachte an die breite Allee, die auf die Brunnen zuführte, und vor allem: Wo hatte er die bronzenen Tafeln gesehen, auf denen die Gedichte von Trakl zu lesen waren? Einige Zeilen fielen ihm ein:

> Hinwandelnd an den schwarzen Mauern
> Des Abends, silbern tönt die Leier
> Des Orpheus fort im dunklen Weiher …

Als man am nächsten Vormittag mit dem Bus aufbrach, war das Wetter ungünstig. Es war kühl geworden, der Himmel hatte sich bedeckt, Regen lag in der Luft. Gegen elf Uhr bogen sie in den Schloßhof ein, und Berghoff fröstelte, als er vor den Brunnen stand. Sie waren flach und weitläufig. Er hatte sie tiefer, irgendwie unergründlicher in Erinnerung. Aber die Tafeln mit Trakls Versen erkannte er wieder, und während er sie überflog, hatte er den Eindruck, sie wären deplaciert. Da war von grünlichblauem Wasser die Rede, von ruhig atmenden Zypressen, von unermeßlicher Schwermut, die ins Abendblau übergeht.

›Diese Landschaft‹, dachte Berghoff, ›kann ich hier unter den Eichen und Buchen, so imposant sie auch aufragen, nicht finden.‹

Er war allein vorausgegangen, hatte sich Gertrud, die ihn begleiten wollte, entzogen. Vielleicht waren es ihre besorgten Blicke, denen er ausweichen wollte, und auch jetzt, die anderen hatten sich bis auf wenige Meter genähert, auch jetzt schien es Berghoff, als würde Gertrud auf von Rosen einreden, bis dieser sich schließlich löste und auf ihn zukam.

»Ich höre, Elisabeth ist nicht zu erreichen. Was, um Gottes willen, hat es zwischen euch gegeben!« sagte er, hakte sich bei Berghoff unter und wollte ihn, wie es seine Gewohnheit war, zur Seite ziehen.

Berghoff spürte, vielleicht war er zu dicht an einen der Brunnen geraten, daß ihm die Knie naß wurden. Er zog ein Taschentuch hervor, versuchte die Hose trockenzureiben, und von Rosen, als wäre dies eine Geste, die gegen ihn gerichtet war, ließ den Freund los. Er ging zu den Tafeln, winkte seine Frau herbei, Stern und Wernicke schlossen sich an, und nun überflogen die anderen, während

Berghoff die Allee zurückschlenderte, die Verse des berühmten Dichters.

Minuten später begann es zu regnen, so daß sich alle im Restaurant am Schloßhof versammelten, und nachdem man sich gesetzt hatte, sagte Wernicke:

»Ich gebe zu, daß wir die verkratzte Archivaufnahme nicht besonders ernst genommen haben. Auch nicht deine Hartnäckigkeit, uns Anekdoten zu erzählen, zum Beispiel über diese Elizabeth Sprague-Coolidge. Heute sind wir sicher, daß uns Schönbergs Schwager ein guter Geist gewesen ist.«

»Genauso wie das Gluckern in den Röhren der Heizung, das uns von Anfang an das Tempo vorgegeben hat. Erinnert ihr euch?« fragte Stern.

Es war unverkennbar, daß man sich darüber verständigt hatte, Berghoff etwas Freundliches zu sagen. Von Rosen zog einen Zeitungsausschnitt aus der Jackentasche. Es war eine Rezension über ihr Konzert in München, und er fand es bemerkenswert, daß der Kritiker behauptete, das 4. Streichquartett op. 37 hätte auf ihn wie die Musik eines Großstadtneurotikers gewirkt.

»Es ist dasselbe Wort, das auch du benutzt hast«, sagte Stern, und Gertrud, die neben Berghoff saß, stieß ihm mit dem Ellbogen wie aufmunternd in die Seite.

Am nächsten Tag, es war vor dem Frühstück, klingelte in Berghoffs Zimmer das Telefon, und offenbar führte er ein längeres Gespräch. Dies konnte Stern, der im Zimmer nebenan untergebracht war, vom Bad aus deutlich hören.

»Es scheint etwas Angenehmes vorgefallen zu sein«, sagte er zu Gertrud, und tatsächlich:

Als Berghoff im Speisesaal auftauchte, schien er gute Laune zu haben. Er war frisch rasiert, hatte sich die Haare geföhnt, roch nach Gesichtswasser, und er kam nochmals auf den Ausflug nach Hellbrunn zurück, fragte die anderen, wie der Trakl auf sie gewirkt hätte, und ohne eine Antwort abzuwarten, bedankte er sich für die, wie er es nannte, Komplimente beim Mittagessen, und er gab den Zeitungsausschnitt, den von Rosen ihm überlassen hatte, zurück. »Was er über das Amabile äußert, ist interessant. Ansonsten das übliche Kritikergeschwätz. Und das Largo kann er nicht einordnen«, sagte Berghoff und meinte, daß es überhaupt schade sei, diese Musik vor einem Publikum zu spielen. »Die Leute zahlen, weil sie sich einen schönen Abend machen wollen, und sehen zu, wie wir mit dem Bogen herumfuchteln. Nein, wir sollten ganz andere Orte aufsuchen«, fügte er hinzu.

»Was schlägst du vor?« fragte von Rosen. »Etwa den Keller unter der Fabrikhalle?«

»Ja, warum nicht«, antwortete Berghoff.

»Aber vorher müssen wir nach Wien«, sagte Wernicke.

Alle lachten. Die Weiterreise nach Wien war für Mittwoch geplant, heute, am Dienstag, hatte Gertrud den Wunsch, Schloß Leopoldskron zu besichtigen.

»Gebt mir eine Stunde Zeit, ich würde gern mitkommen«, sagte Berghoff, und es war klar, daß man darauf Rücksicht nehmen mußte.

Er sah immer wieder auf die Uhr, versprach, sich zu beeilen, und nachdem er hastig gefrühstückt hatte, verschwand er wortlos. Nach anderthalb Stunden, nachdem die anderen beschlossen hatten, mit von Rosens Wagen statt mit dem Bus zu fahren, war Berghoff immer noch nicht zurück.

»Wo ist er hin?« fragte Wernicke, und an der Rezeption bekam man die Auskunft, der Herr Direktor hätte sich ein Taxi zum Bahnhof bestellt.

Dies war allerdings eine gute Nachricht, und man beschloß, wohl in Erwartung einer weiteren Person, doch lieber getrennt zu fahren.

»Es wird sonst zu eng«, sagte Stern, der nochmals andeutete, daß es da ein längeres Telefongespräch gegeben hätte.

Nach zwei Stunden, es war gegen zwölf, wurde von Rosen unruhig.

»Also wir brechen auf.«

»Und ich fahre mit dem Bus zum Bahnhof«, sagte Stern. »Wir treffen uns dann in Leopoldskron.«

Am Bahnhof konnte Stern keinen Parkplatz finden. Nervös kurvte er hin und her. Gedränge am Eingang, offenbar war ein Zug angekommen, und da er fürchtete, es könnte zu spät werden, stellte er den Bus im Halteverbot ab. Während er zur Schalterhalle lief, ließ er die Blicke hin und her schweifen, immer in der Absicht, Berghoff möglichst rasch zu entdecken. Aber er ließ auch den Bus nicht aus den Augen, und nachdem sich die Menge verlaufen hatte, stand er auf einem der Bahnsteige. Hier nahm er sich Zeit, bis an die äußerste Grenze zu gehen, dorthin, wo die Überdachung aufhörte und wo eine leere Bank stand. Berghoff war nirgends zu sehen, und als ein Güterzug, der durch den Bahnhof ratterte, Stern die Sicht nahm, spürte er ein Unbehagen. Vielleicht fand er es rücksichtslos, jenem, der sich zu entziehen wünschte, derart hartnäckig nachzuspüren. Oder er fühlte sich einfach nur überfordert, weil es schwül war oder weil es ihm, gesetzt den Fall, man war dabei, ihm einen Strafzettel unter den Scheibenwischer zu schieben, nicht gelingen würde, rechtzeitig, über Treppe, Unterführung und Schalterhalle hinweg, wieder am Bus und damit an Ort und Stelle zu sein.

13

In Wien mußte sich Stern bereit erklären, Berghoff seine Geige zu überlassen, da dieser sich weigerte, weiter auf der Mittenwalder zu spielen.

»Die Geige gehört mir nicht«, sagte er schroff. »Sie gehört dem, der sie bezahlt hat.«

Und so war Stern gezwungen, das kostbare Stück mit auf sein Zimmer zu nehmen. Ein Umstand, den niemand kommentierte, auch Gertrud vermied es, mit ihrem Mann darüber zu tuscheln. Man war bemüht, über Berghoffs Verhalten hinwegzusehen, und doch ahnten alle, daß auf die folgenden Konzerte ein gefährlicher Schatten gefallen war. In Wien verließ Berghoff kaum noch sein Zimmer, erschien auch nicht zu den Mahlzeiten, und als man sich zur Probe versammelte, hatte er Ringe unter den Augen.

»Falls dir der Schönberg Schwierigkeiten macht, wir könnten auf Brahms oder Dvořák ausweichen«, sagte von Rosen.

Und nun begann ein kurzer Wortwechsel darüber, ob man es sich leisten konnte, Schönbergs Musik vor dem Wiener Publikum nicht mit vollem Einsatz und äußerster Konzentration zu spielen.

»Du mußt jetzt wissen, Friedhelm, ob du in diesem Zustand überhaupt auftreten kannst. Es hat keinen Zweck, daß du dich derart quälst.«

Statt zu antworten, zog Berghoff die verkratzte Archivaufnahme mit dem Kolisch-Quartett aus seiner Aktentasche, dazu den CD-Player und zwei Kopfhörer, die er herumreichte.

»Muß das jetzt sein!« sagte Wernicke. »Wir wissen doch alles. Wir wissen sogar, wer die Aufführung in dieser Stadt gesponsert hat. Elizabeth Sprague-Coolidge«, fügte er hinzu, konnte aber nicht verhindern, daß Berghoff den CD-Player einschaltete.

Nach einer Weile nahm Berghoff die Kopfhörer ab und sagte:

»Es ist nicht von ungefähr, daß ich euch die Aufnahme eines berühmten Quartetts mitgebracht habe, dessen Mitglieder nicht mehr am Leben sind. Khuner starb offenbar als letzter, am 10. Juni 1991. Überhaupt«, sagte Berghoff, »sollten wir in Wien das 4. Streichquartett aus dem Geiste der Vergänglichkeit spielen.«

Wenige Stunden vor Konzertbeginn hörte man, wie er in seinem Hotelzimmer das Amabile übte. Niemand wagte ihn zu stören, obwohl unüberhörbar war, daß er Rhythmus und Tempo ständig veränderte.

»Was hat er vor?« fragte Wernicke. »Will er alles über den Haufen werfen, nur weil er irgendwelchen Kummer hat!«

»Es ist aber auch unmöglich von Elisabeth, ihn derart im Regen stehenzulassen«, sagte von Rosen.

Und Gertrud sagte: »Niemand kann sie zwingen, bei jeder Tournee dabeizusein. Außerdem muß sie sich um die Kinder kümmern.«

»Aber sie hätte wenigstens einmal anrufen können«, sagte von Rosen.

Stern mußte nochmals erklären, daß dies geschehen war. Andererseits war er nicht mehr sicher, ob er sich nicht geirrt hatte. Es konnte auch sein, daß Berghoff mit der Plattenfirma oder sonst jemandem verhandelt hatte, und nun erklärte sich Gertrud bereit, mit Elisabeth, sozusagen von Frau zu Frau, einmal ausführlich zu telefonieren. Sie ging in ihr Zimmer. Die Männer sahen ihr nach, blieben noch für Augenblicke im Flur, genauer vor Berghoffs Zimmertür, stehen, und nachdem Berghoff seine Versuche abgebrochen hatte, nachdem Ruhe eingetreten und nur noch ein gelegentliches Räuspern zu hören war, klopfte von Rosen gegen die Tür, die sofort geöffnet wurde. Sie traten ein.

Gegen Abend, unmittelbar vor Konzertbeginn, sah man, wie Berghoff im Resselpark unterwegs war. Offenbar wollte er sich frische Luft verschaffen. Er mußte sich beeilen, denn um rechtzeitig in der Garderobe zu sein, hätte er längst den Weg zum Musikverein einschlagen müssen. Und was war in der Zwischenzeit, nachdem Wernicke, Stern und von Rosen in sein Zimmer getreten waren, passiert? Dies blieb unklar. Vielleicht hatte Stern versucht, Berghoff die Mittenwalder Geige zurückzugeben. Es war schließlich kein Zustand, daß beide auf einem Instrument spielten, das ihnen nicht gehörte. Auch wußte niemand zu sagen, ob Gertrud während dieser Zeit mit Elisabeth telefoniert hatte. Eine halbe Stunde bevor sie auf die Bühne hinaustreten mußten, saßen alle vier, so wie sie es gewohnt waren, in ihren Fräcken da. Das Garderobenfenster war offen. Stern rauchte die letzte Zigarette, Berghoff, einen Zettel auf den Knien, machte irgendwelche Notizen. Mit dem letzten Klingelzeichen erhoben sie sich, nickten einander aufmunternd zu, und keine drei Minuten später hatten sie, in vollem Scheinwerferlicht und unter dem Applaus des Wiener Publikums, ihre Plätze eingenommen.

Sie begannen mit dem Opus 64, Nr. 5, dem sogenannten Lerchenquartett von Haydn, eine

Sache, die ihnen geläufig war. Hier mußten sie lediglich darauf achten, daß sich keine Routine einstellte, und die Heiterkeit, die sich augenblicklich in dem kleinen Saal ausbreitete, wurde mit entsprechendem Beifall belohnt. Dann folgte der Sprung in die Moderne, und es war klar, daß sie mit dem Streichquartett Nr. 4, op. 37 von Schönberg einen Stimmungswechsel provozierten. Wo bei Haydn noch hin und wieder ein unterdrücktes Flüstern oder ein Husten zu hören gewesen war, herrschte nun angespannte Stille.

Das ›Allegro molto. Energico‹, das die erste Geige in den Anfangstakten umriß, erreichte sofort die nötige etwas nervöse, aber nie fahrig wirkende Geschwindigkeit. Wer Ohren hatte zu hören, konnte nur begeistert sein. Auch der zweite Satz, in dem die Bratsche das Thema vortrug, wirkte an diesem Abend besonders präzise. Hier wurde die Unruhe des ersten Satzes etwas gefälliger fortgeführt, aber immer mit dem versteckten Hinweis, daß dies noch nicht alles sei, daß nach so viel Aufgeregtheit und gebändigter Dissonanz eine Erlösung, ein Moment schlichter, melodischer Ruhe, eben das berühmte Largo zu erwarten war. Und so war es denn auch, genauer: So hätte es sein können. Die Pause nach der ausklingenden Coda des 2. Satzes dauerte einige Sekunden länger als gewöhnlich. Dann setzten Stern, Wernicke und von Rosen ihre Instrumente an. Zunächst glaubten sie, Berghoff wolle, da er keine Anstalten machte, ihnen zu folgen, noch länger warten. Aber dies erwies sich als Irrtum. Berghoff ließ die Geige auf seinen Knien.

14

Hinwandelnd an den schwarzen Mauern
Des Abends, silbern tönt die Leier
Des Orpheus fort im dunklen Weiher…

Das Frühjahr verging. Stern hatte Berghoff die Mittenwalder Geige zurückgegeben, aber der rührte sie nicht an, und es war fraglich, ob Wernicke nach dem Zwischenfall in Wien wieder im Probenraum der Fabrikhalle auftauchen würde. Von Rosen benahm sich fabelhaft. Er war es, der die Truppe in Wien noch für einige Tage zusammengehalten hatte, und er hatte dafür gesorgt, daß es Berghoff bis zum Ende der Tournee erspart blieb, nochmals Schönberg zu spielen. Im übrigen: Was war schon geschehen, außer daß Berghoff sich geweigert hatte, mit dem Largo zu beginnen, und daß alle geistesgegenwärtig genug waren, sofort mit dem Opus 67 von Brahms fortzufahren. Von Rosen hatte einige Worte der Erklärung gefunden, die Pressereaktionen waren schnell vergessen, und der Musikverein konnte keine Regreßansprüche geltend machen. Natürlich blieb Wernickes hartnäckige Verschnupftheit ein Problem, besonders da sich Berghoff der Firma Polydor gegenüber zu einer Tonaufnahme verpflichtet hatte. Immerhin hatte man einen Vorschuß kassiert! Aber von Rosen weigerte sich, auf Wernicke einzuwirken.

»Er war nicht immer in Hochform«, sagte er.

Und so war man auf der Suche nach einem neuen Bratschisten. Herr Schlosser, auf den man sich schließlich einigte, war ein hagerer, agiler Mann, der versuchte, sich dem bekannten Quartett so rasch wie möglich anzupassen. Pünktlich zur verabredeten Zeit stand er im Hof. Man gab sich Mühe, ihn während der Proben einzuweisen, aber vor allem war es Berghoff, der mit der eigentlich schon ausrangierten Geige, auch nachdem die anderen sich verabschiedet hatten, bis in den Abend hinein beschäftigt war.

»Elisabeth hat uns gegenüber einmal ein Kochrezept erwähnt«, sagte von Rosen. »Gertrud wird sie heute abend deswegen anrufen.«

»Aber ja doch«, antwortete Berghoff. »Worum geht es?«

»Um irgendeinen Nachtisch.«

Sie verließen den Probenraum, Berghoff schloß sorgfältig die Stahltür ab, und in die Mommsenstraße zurückgekehrt, durchsuchte er Elisabeths Sekretär, konnte aber das graue Heftchen, in dem sie ihre Kochrezepte notiert hatte, nicht finden. Überhaupt fiel ihm auf, daß auch andere Sachen, die Elisabeth benutzte, zum Beispiel die große Einkaufstasche, weggeräumt worden waren.

›Vor der Tournee hing sie noch am Haken neben dem Küchenherd‹, dachte Berghoff. Oder hatte er sich geirrt? ›Es ist egal‹, dachte er schließlich, spürte, wie ruhig und konzentriert er war, und er war rigoros genug, zum Telefon zu gehen und die Nummer der Schwiegermutter zu wählen, und kaum hatte sich Frau Ostermaier gemeldet, fragte er, und in einem Ton, als hätte ihn Elisabeth darum gebeten, nach dem Kochrezept.

»Elisabeth kann das graue Heft nicht finden«, fügte er hinzu. »Sie muß es bei dir liegengelassen haben.«

Es folgte eine längere Pause, in der die Schwiegermutter, die den Hörer zur Seite gelegt hatte, offenbar mit jemandem sprach. Aber ob es eine Frauenstimme war, konnte Berghoff nicht mit Sicherheit sagen. Merkwürdig genug, daß Frau Ostermaier, als wäre es das Selbstverständlichste auf der Welt und ohne sich nach seinem Befinden zu erkundigen, sofort Einzelheiten des Rezepts zu diktieren begann:

»Zutaten für die Füllung der Palatschinken«, sagte sie. »Zwei Eigelb, drei Löffel Zucker, vierzig

Gramm geriebene Hasel- oder Walnüsse, zwei Eiweiß und für den Williams-Birnen-Schaum: drei Eigelb, siebzig Gramm Zucker, jeweils acht Eßlöffel Weißwein und trockener Sekt, vier Eßlöffel Williams-Birnen-Geist.«

»Danke«, sagte Berghoff und legte den Hörer wieder auf.

Er wartete, ob die Schwiegermutter zurückrufen würde, und da es nicht geschah, war er mit dieser und jener Vermutung beschäftigt. Mit wem hatte sie gesprochen? Waren es Handwerker oder die Putzfrau oder sonst irgend jemand? Wie konnte sie wissen, welches Rezept er meinte? Und wie war es überhaupt möglich, daß sie das graue Heft so schnell zur Hand hatte?

»Es lag doch immer und ewig, und so weit ich denken kann, in der Schublade des Sekretärs«, murmelte Berghoff.

Als es dunkel wurde, machte er kein Licht an, sondern saß vor dem Fenster und beobachtete, wie der Wind das Geäst der Kastanien hin- und herbewegte, und als das Telefon läutete, als von Rosens Frau, so wie man es vereinbart hatte, anrief, sagte Berghoff ohne Umstände und obwohl Gertrud dies von Elisabeth hatte hören wollen:

»Zutaten für die Füllung der Palatschinken: zwei Eigelb, drei Löffel Zucker, vierzig Gramm geriebene Hasel- oder Walnüsse, zwei Eiweiß und für den Williams-Birnen-Schaum: drei Eigelb, siebzig Gramm Zucker, jeweils acht Eßlöffel Weißwein und trockener Sekt, vier Eßlöffel Williams-Birnen-Geist.«

In der Nacht lag Berghoff einige Stunden wach. Er wunderte sich, wie oft die Haustür im Treppenhaus aufgeschlossen wurde und daß überhaupt, es war gegen drei Uhr, immer noch jemand unterwegs war. Hier und dort fiel eine Tür ins Schloß, und irgendwann glaubte er, Schritte vor seiner Wohnung zu hören. Aber er blieb liegen, streckte auch die Hand nicht aus, um das Licht anzumachen.

15

Den nächsten Tag über war Berghoff unterwegs, und zuerst ließ er sich mit einem Taxi zum Orankensee fahren. Die wenigen Schritte zur Manetstraße, dorthin, wo Frau Ostermaier ihren Vorgarten hatte herrichten lassen, ging er zu Fuß. Er sah von weitem die frischgepflanzten Jasminsträucher. Dem Staketenzaun durfte er sich, wenn er unentdeckt bleiben wollte, nicht nähern, aber er versuchte, von der gegenüberliegenden Straßenseite her die Fenster zum Wohnzimmer und zur Küche im Auge zu behalten. Als es zu regnen begann, zog er sich unter das Dach einer Bushaltestelle zurück. Von hier aus konnte er immer noch den Eingang zur Villa beobachten.

›Wenn ich nicht wüßte, daß es anders ist, würde ich sagen, da wohnt niemand‹, dachte Berghoff. Und als müßte er sich Gewißheit verschaffen, griff er zum Handy, um die Nummer der Schwiegermutter zu wählen. Er ließ es sein, rief statt dessen ein Taxi herbei, und nun ließ er sich nach Stadtmitte zur Mohrenstraße fahren, und wieder stand er auf der gegenüberliegenden Straßenseite, diesmal, um den portalähnlichen Eingang zu beobachten. Er fror. Er hatte den Schal vergessen, und doch kam es ihm vor, hier würde es sich lohnen, länger auszuhalten als vor dem Staketenzaun seiner Schwiegermutter. Hatte er nicht zweimal von seinem Auto aus eine Frau beobachtet, die es eilig zu haben schien? Und war sie nicht hinter ebendiesem portalähnlichen Eingang verschwunden? ›Schade‹, dachte Berghoff, ›daß mir auch diese Gewißheit abhanden gekommen ist.‹

Als der Regen unerträglich wurde, suchte er das nächstbeste Café auf. Er bestellte sich einen Espresso, aß ein Croissant, griff nach der Tageszeitung, die dort herumlag. Es war ein Boulevardblatt, das er rasch durchblätterte. Überall Schlagzeilen, der übliche Klatsch und in der Mitte die Seite mit den Heiratsannoncen. Und dies war nun etwas, das Berghoff vor Tagen noch mit keinem Blick gewürdigt hätte, jetzt aber drehte er sich zum Fenster hin, wo mehr Licht war, und begann zu lesen.

›Sie stehen genauso im Regen wie ich‹, dachte er. ›Obwohl: Was jene dort herbeisehnen, das habe ich zehn, zwölf Jahre gehabt, und ich kann keine Gründe finden, warum es nicht eine Ewigkeit so weitergehen soll.‹

Am Nachmittag machte Berghoff eine Entdeckung. Er war wieder unterwegs. Vielleicht war es die klare Luft, endlich schien die Sonne, die ihn ins Freie gelockt hatte. Er schlenderte bis zur Leibnizstraße, die er überquerte, dann, nachdem er die Wielandstraße erreicht hatte, bog er nach links ab, und auf der Niebuhrstraße ging er wieder nach rechts, wo er sich der Ecke Bleibtreustraße näherte. Hier hörte er Lärm von dem Schulhof, der sich in unmittelbarer Nähe zur S-Bahn befand. Hinter einem übermannshohen Drahtzaun das übliche Kreischen und Gejohle. Der asphaltierte Platz war überfüllt.

›Ein Glück, daß Petra und Margret in der Sybelstraße untergebracht sind‹, dachte Berghoff. ›Dort ist alles überschaubarer.‹ Und während er dies dachte, sah er in einer Gruppe junger Mädchen, die offenbar miteinander stritten, immer wieder eine rote Regenjacke aufblitzen. ›Eine Regenjacke‹, dachte Berghoff, ›mit einer Applikation auf dem Rücken. So eine haben wir Margret zu Weihnachten geschenkt.‹

Und da war noch etwas, das ihn stutzig machte: Das Mädchen hatte schulterlanges Haar, das zu einem Pferdeschwanz gebunden war, und sie hatte, während sie hierhin und dorthin Handgreiflichkeiten abwehrte, eckige Bewegungen.

›Wenn ich nicht wüßte‹, dachte Berghoff und

versuchte, auf die Entfernung hin die Gruppe genauer zu fixieren, ›wenn ich nicht wüßte‹, dachte er, ›daß es unmöglich ist, würde ich sagen, es ist meine Tochter.‹

Damit wandte er sich ab, aber nur, um die wenigen Schritte bis zur Wielandstraße zurückzugehen. Keine fünf Minuten später stand er wieder am Zaun. Die Pause war beendet, die Kinder drängelten dem Eingang zu. Eine Weile mußte Berghoff die Blicke umherschweifen lassen, dann glaubte er sicher zu sein: Das Mädchen mit der roten Regenjacke sah Margret verblüffend ähnlich, und jene, die hinter ihr herlief und einen Kopf kleiner war … ›Könnte Petra sein‹, dachte Berghoff.

Deutlich glaubte er zu erkennen, was sie täglich am liebsten angezogen hatte, die hellgrünen Gummistiefel, und ehe Berghoff dazu kam, ihre Namen zu rufen, waren die beiden hinter der großen Glastür, die man vor kurzem erst in das Hauptportal der Schule eingelassen hatte, verschwunden.

16

Die Firma Polydor hatte den Termin für die Aufnahme festgesetzt, und auch die Studioräume waren angemietet. Man entschied sich für Beethoven, Brahms, Haydn. Sollte man auch Schönberg auf der neuen CD anbieten? Alle waren dafür. Berghoff allerdings bestand darauf, das Probenergebnis nochmals zu überprüfen. Er hätte neue, äußerst spannende Aspekte entdeckt, mehr wollte er nicht sagen, und nachdem man sich in der Invalidenstraße versammelt hatte, erklärte er:

»Wir sollten die beiden ersten Sätze nicht so erwartungsvoll angehen. Denn das ist ausgemacht«, fügte er hinzu, »das Largo wirkt wie ein falsches Versprechen.«

Dies sagte er, und niemand wußte, was er damit meinte.

»Wie willst du das begründen?« fragte von Rosen schließlich. »Und wie, um Gottes willen, sollen wir das spielen!«

Vom Keller her hörte man ein Geräusch. Offensichtlich war man mit Arbeiten an der Zentralheizung beschäftigt. Es war, wie vor Monaten schon, ein regelmäßiges Klopfen, dann wieder ein Gluckern in den Röhren. Die Heizkörper waren heiß, so daß alle die Hemdsärmel hochkrempelten, und Schlosser machte geltend, er könne sich bei dieser Hitze unmöglich konzentrieren.

»Das ist bedauerlich«, sagte Berghoff. »Trotzdem müssen wir einiges klären.«

Damit erhob er sich und verließ mit dem Hinweis, er müsse in den Keller, um den Lärm zu beenden, den Probenraum, und als er nach einer Viertelstunde zurückkam, waren Schlosser und von Rosen gegangen. Nur Stern saß auf seinem Stuhl.

»Also, was willst du ändern?« fragte er. »Es war doch alles sehr gut so.«

Berghoff nahm seine Geige auf und begann zu spielen. Zuerst das Amabile aus dem letzten Satz, das er vehement und viel zu schnell anging, so daß der Eindruck entstand, er wäre auf eine Verzerrung aus oder wollte die falsche Umdrehung einer Schallplatte nachahmen. Es folgten einige Triolen, dann sprang er übergangslos in das Largo, den Takt 614 zurück, und er begann, wofür er sich vor kurzem noch entschuldigt hatte, mit einem Vibrato, das er immer und immer wieder in die Länge zog.

»Das ist nicht dein Ernst«, sagte Stern, nachdem

Berghoff die Geige abgesetzt hatte. »Und deswegen hast du uns zusammengetrommelt?«

»Zugegeben, das Vibrato ist übertrieben«, antwortete Berghoff. »Ansonsten aber bin ich der Meinung, daß wir den Schönberg zu harmlos spielen.«

»Schläfst du nicht zuwenig?« fragte Stern. »Und vergißt du nicht zu essen? Ich hoffe, du hast jemanden, der dir das Frühstück macht.«

Berghoff gab keine Antwort, aber Stern blieb hartnäckig. Das heißt, er blieb, nachdem sie sich verabschiedet hatten, im Hof stehen und wartete darauf, daß Berghoff in seinen Wagen steigen würde. Als dies nicht geschah, sagte er:

»Komm, nimm deine Schlüssel. Wir fahren zusammen in die Mommsenstraße.«

Er nahm neben Berghoff auf dem Beifahrersitz Platz. Sie erreichten Charlottenburg, und nachdem Berghoff die Wohnungstür aufgeschlossen hatte, trat er in die Küche, um einen Schluck Wasser zu trinken. Stern sah ihm vom Korridor aus zu, sah, wie Berghoff, nachdem er das Glas abgestellt hatte, an der Ecke des Tisches stehenblieb, irgendwie ratlos, als müsse er sich in der Umgebung, in der er zu Hause war, erst einmal zurechtfinden. Auf dem Tisch standen Kaffeetassen, aber ob sie benutzt worden waren, konnte Stern nicht erkennen. Die Geschirrspülmaschine, deren Tür offenstand, war leer. Auch sonst wirkte alles säuberlich aufgeräumt, und irgendwann gingen die beiden, Stern immer hinter Berghoff her, durch die Räume, als wären sie gekommen, um eine Wohnung zu besichtigen. Am Garderobenhaken hing ein Kindermantel, darüber eine Pudelmütze, im Schlafzimmer roch es nach frischer Luft, als hätte jemand vor kurzem erst die Fenster geschlossen. Als Berghoff den Schrank öffnete, bemerkte Stern, daß dort Blusen und Kleider hingen. Im Kinderzimmer tickte eine große Plastikuhr, und im Wohnzimmer stand eine Messingschale, die mit Keksen gefüllt war. Das bemerkte Stern sehr wohl, und das einzige, was er ignorierte, war jenes Blatt Papier, das in der Mitte des Tisches lag und auf dem Berghoff vor Wochen, nein, es war Monate her, Elisabeth darum gebeten hatte, ihn während der Tournee anzurufen. Darüber, wie gesagt, sah Stern hinweg, und so hatte er allen Grund zu erklären:

»Ich weiß nicht, was du willst. Die Schränke sind voller Kleider, und im Flur hängt der Mantel deiner Tochter.« Aber er sah sofort ein, daß mit dieser Bemerkung nichts gewonnen war. »Tja«, sagte er und verließ das Wohnzimmer, um sich nochmals umzusehen. »Tja«, wiederholte er, als er wiederkam. »Du mußt versuchen, darüber hinwegzukommen.«

»Darüber komme ich nicht hinweg«, sagte Berghoff, der am Fenster stand und die Gardine einen Spaltbreit zurückgezogen hatte, als gäbe es einen Grund, auf die Mommsenstraße zu sehen.

Sie schwiegen. Berghoff ließ die Gardine los und ging zum Tisch, wo er die Messingschale mit dem Gebäck zur Seite schob und das Blatt Papier aufnahm, das er langsam, beinahe umständlich, zusammenfaltete. Und nachdem er den Brief, den er an Elisabeth geschrieben und den sie offensichtlich nicht beachtet hatte, rasch, Stern konnte nicht sagen, war es im Ärmel oder in der Jackentasche, hatte verschwinden lassen, sagte er:

»Es ist alles geblieben, wie es war. Das siehst du doch. Sie hat auch keine einzige Mark von unserem gemeinsamen Konto abgehoben.«

17

Berghoff hätte jetzt, um Elisabeth aufzuspüren, mit den Kindern in der neuen Schule Kontakt aufnehmen können. Er hätte erneut zum Orankensee fahren können. Ein plötzliches Auftauchen, ein paar entschiedene Schritte über den frisch eingerichteten Vorgarten bis zum Klingelknopf, und er hätte sich Genugtuung verschafft. Aber nichts dergleichen geschah. Statt dessen kramte er das Inserat, auf dem die Mittenwalder Geige angeboten worden war, hervor. Er erkundigte sich nach der Adresse, und nachdem er in die Kantstraße gefahren war, wunderte er sich, daß er vor dem Eingang zu einer Praxis stand.

»Ekkehard Possél, Augenarzt« las er und sah sich erst einmal um. Das Treppenhaus war frisch renoviert. Überall Stukkaturen, links und rechts übermannshohe Spiegel, der Boden war mit einer Art Kokosläufer belegt, und in der Mitte, die Treppe führte darum herum, das gußeiserne Gerüst eines Fahrstuhls.

›Piekfeine Adresse‹, dachte Berghoff.

Nur die Beleuchtung, man konnte die Namen

an den Briefkästen kaum lesen, war merkwürdig schwach, als hätte man an den Glühbirnen gespart. Er ging in den ersten Stock und klingelte. Ein älterer Herr öffnete die Tür.

»Wir haben miteinander telefoniert«, sagte Berghoff, und der andere, der zögerte, als könnte er sich nicht erinnern, führte ihn in einen großen, viereckigen Raum und bat ihn, einen Augenblick zu warten.

Er ging in den Korridor zurück, wo er mit jemandem ein paar Worte wechselte. Dann war alles ruhig, und Berghoff war überrascht, daß der Raum, in dem er sich befand, nicht wie ein Behandlungszimmer, eher wie eine Bibliothek wirkte. Zwei Wände waren bis zur Decke mit Büchern vollgestellt, in der Ecke eine kleine Couch und eine Leselampe. Auch der Tisch, der mit Papieren bedeckt war, wirkte keineswegs wie das Möbelstück einer Arztpraxis, und erst in der äußersten Ecke, neben einer Kübelpflanze, entdeckte Berghoff einen Behandlungsstuhl.

»Was kann ich für Sie tun?« fagte Possél, als er ins Zimmer zurückkam.

Er rückte die beweglichen Meßgeräte und Gläser zurecht. Berghoff sah, daß er korrekt gekleidet war: Anzug, Schlips, darüber ein weißer Kittel. Die Schuhe wirkten abgetragen, waren aber frisch geputzt, und für Augenblicke schien der Arzt nicht zu bemerken, daß Berghoff keine Anstalten machte, seiner Aufforderung, er wies auf den Behandlungsstuhl, Folge zu leisten.

»Ich habe keine Beschwerden. Ich komme wegen der Geige.«

»Welcher Geige?«

Berghoff hielt ihm das Zertifikat hin.

»Ach ja, richtig!« rief Possél, schüttelte den Kopf, als müßte er sich diese Vergeßlichkeit übelnehmen.

Und wieder ging er in den Korridor, und wieder hörte man, wie er mit jemandem ein paar Worte wechselte. Es war ein kurzes, intensives Flüstern. Berghoff wartete. Jetzt erst fiel ihm auf, daß hier, im Gegensatz zum Treppenhaus, nicht renoviert worden war. Die Gardine am Fenster war verblichen. Die Bücherwand, die Möbel, der Behandlungsstuhl, überall sah er abgenutzte, aber sorgfältig gepflegte Gegenstände.

»Sie kennen dieses Instrument?« fragte Berghoff, nachdem er, um sich zu verabschieden, auf den Korridor hinausgetreten war.

»Selbstverständlich«, antwortete der Arzt, der ihm entgegenkam.

Berghoff überlegte, mit wem er zweimal geflüstert haben könnte. Es zeigte sich niemand, auch war da, obwohl der Korridor langgestreckt war, keine Tür zu sehen, und als er wissen wollte, ob sich der Arzt noch an die Frau erinnern könne, der er die Geige und das Zertifikat ausgehändigt hatte, sagte Possél:

»Es war keine Frau. Es waren zwei Männer. Der eine trug eine Brille«, fügte er hinzu, bereute aber, daß er Berghoff eine Auskunft gegeben hatte, ohne zu wissen, ob er dazu berechtigt war.

Berghoff bedankte sich, der Arzt gab ihm seine Visitenkarte, und nachdem man nochmals Höflichkeiten ausgetauscht hatte, stand Berghoff wieder im Treppenhaus. Auf der Straße war er versucht, die Visitenkarte in den nächsten Abfallkorb zu werfen, ließ es aber sein. Er war keine zehn Schritt vom Eingang der Praxis entfernt, und irgendwie hatte er das Gefühl, der alte Herr könnte hinter der Gardine seines Fensters stehen.

›Falls er mich beobachtet, würde es ihn kränken‹, dachte er.

Und so glättete er die Karte, die er bereits zerknüllt hatte, und schob sie in die Jackentasche.

18

Eine Woche verging. Man hatte fleißig geprobt, Schlosser hatte sich eingearbeitet, und irgendwann hatten sie, und in der neuen Besetzung, auch ihre schwierigste Begegnung mit der Moderne, mit Schönbergs Streichquartett Nr. 4, op. 37, auf die neue CD gebannt. Das restliche Honorar der Firma Polydor wurde überwiesen. Berghoff verteilte die Schecks. Jetzt mußten sie noch zwei Konzerte in Berlin geben, und danach sollte der Abschluß der Tournee ausgiebig gefeiert werden.

»Das machen wir auf unserer Dachterrasse«, sagte von Rosen.

Berghoff winkte ab, meinte auch, daß ihm die Konzerte in der Philharmonie ungelegen kommen würden.

»Ich habe neuerdings Schwierigkeiten mit den Augen«, sagte er.

Und als er im Auto saß, kam es ihm tatsächlich so vor, als ob er, der noch nie eine Brille nötig gehabt hatte, irgendwie unscharf sah. Es war ein Eindruck, der an der nächsten Ampel wieder verschwand. Trotzdem blieb Berghoff irritiert, und so konnte er einen Grund geltend machen, warum er eine halbe Stunde später, den Kasten mit der Mittenwalder Geige unterm Arm, vor dem Eingang mit dem Schild »Ekkehard Possél, Augenarzt« stand.

Er sah sich erst einmal um. Sicher, er wußte, daß das Treppenhaus frisch renoviert war. Überall Stukkaturen, links und rechts übermannshohe Spiegel. Auch das merkwürdig schwache Licht war für ihn keine Überraschung mehr, und er benutzte den Fahrstuhl, um in den ersten Stock zu kommen. Die Praxis war geöffnet, aber nun saß Berghoff nicht, wie beim ersten Mal, in der Bibliothek, die als Behandlungsraum diente. Nein, es gab ein Wartezimmer wie bei jedem Arzt, mit Stuhlreihen an den Wänden, einem kniehohen Tisch voll zerlesener Zeitschriften, und Berghoff war nicht der einzige Patient. Es wartete noch eine Mutter mit ihrem Kind, die aufgerufen wurde, und wieder dauerte es eine Weile, ehe Possél in die Tür trat, um Berghoff ins Behandlungszimmer zu bitten.

»Was kann ich für Sie tun?«

Berghoff erklärte, was ihm an der Ampel passiert sei und daß er Angst hätte, es könne sich wiederholen. Der Arzt begann, mit den Geräten zu hantieren. Hatte er Berghoff erkannt? Offensichtlich nicht, und auch Berghoff machte keine Anstalten, seinen ersten Besuch zu erwähnen. Geduldig ließ er sich in die Augen leuchten, verschiedene Gläserstärken wurden ihm aufgesetzt. Die Untersuchung ergab, daß er keinen nennenswerten Sehfehler hatte.

»Aber ich habe verschwommen gesehen.«

»Das liegt am Kreislauf«, sagte Possél. »Und am Wetter«, fügte er hinzu.

Er verschrieb Berghoff eine Lesebrille, riet aber, sie möglichst wenig zu benutzen.

»Nur wenn Sie müde sind«, sagte er, und nachdem dies erledigt war, wartete er darauf, daß sich Berghoff erheben und das Behandlungszimmer verlassen würde.

Aber Berghoff blieb sitzen. Possél ging einige Schritte zur Tür, und Berghoff, der offenbar annahm, er wäre, wie schon das erste Mal, auf den Korridor hinausgetreten, um mit jemandem zu flüstern, Berghoff sagte:

»Wenn man Augenarzt ist, sollte man wissen, welche Gründe eine plötzlich auftretende Sehschwäche hat.«

Possél, der nicht wußte, was er von dieser Bemerkung zu halten hatte, räusperte sich, und Berghoff sah ein, daß er sich nun, um nicht unhöflich zu erscheinen, erheben mußte. Er versuchte sich zu erklären.

»Verstehen Sie mich nicht falsch, aber ich bin nochmals wegen der Geige hier.« Er gab sich zu erkennen, das heißt: Er ging in den Wartesaal, wo er den Kasten abgestellt hatte. »Ich bin von Beruf Konzertgeiger«, sagte er, als er wiederkam.

Und Minuten später sah man, wie er, es war ein merkwürdiger Anblick, er stand zwischen dem Behandlungsstuhl und der Kübelpflanze, Minuten später sah man, wie Berghoff auf der Mittenwalder Geige spielte, und Possél saß auf einem Stuhl vor der Bücherwand und hörte zu. Das ging eine Weile. Berghoff wiederholte immer wieder Motive aus dem Violinkonzert von Max Bruch, und irgendwann setzte er die Geige ab und sagte:

»Und von diesem wunderbaren Instrument haben Sie sich getrennt?«

»Es ist ein Erbstück. Ich selbst kann leider nicht spielen«, antwortete der Arzt, der immer noch nicht wußte, warum Berghoff, und nun schon zum zweiten Mal, bei ihm vorstellig geworden war.

Sie versuchten, miteinander zu fachsimpeln. Possél war es nicht unangenehm, das seltene Stück, an dem er gehangen hatte, wiederzusehen. Aber als Berghoff nochmals und besonders hartnäckig darauf insistierte, zu erfahren, an wen und zu welchem Preis er diese Geige abgegeben hatte und ob es nicht etwas Schriftliches gab, auf dem man irgendwelche Namen hätte entziffern können, erklärte Possél, daß er leider gezwungen sei, die Sprechstunde fortzusetzen.

»Sie müssen wissen«, fiel ihm Berghoff ins Wort, »daß meine Frau mir diese Geige geschenkt hat, und ich hatte bisher keine Gelegenheit, mich bei ihr zu bedanken.«

»So«, sagte der Arzt und zog die Augenbrauen hoch.

Er schien über die plötzliche Bemerkung nachzudenken, verließ den Raum, und wieder, wie beim ersten Mal schon, hörte man vom Korridor her ein kurzes, intensives Flüstern. Dann, als hätte er sich mit jemandem verständigt, trat Possél ins Zimmer zurück und sagte:

»Wer auch immer die Geige abgeholt hat, sie wurde bar bezahlt. Es gibt also weder einen Scheck noch sonst etwas, womit sich eine Bankverbindung nachweisen ließe. Es tut mir leid, ich hätte Ihnen gern holfen. Im übrigen, da Sie selbst sagen, es sei ein Geschenk Ihrer Frau, ist im Grunde alles geklärt.«

19

Alles geklärt? Berghoff zog eine Mappe mit Briefen hervor und begann, ohne sich um das jeweilige Datum zu kümmern, darin zu lesen. Es waren Mitteilungen aus der Zeit vor ihrer Ehe, und ihm fiel auf, daß besonders Elisabeth es war, die darauf gedrängt hatte zu heiraten. Da sie katholisch war, gab es immer wieder Hinweise darauf, daß es nötig sein würde, sich auch kirchlich trauen zu lassen. Und wie sie unter den gelegentlichen Trennungen litt!

›Das hat mir gutgetan‹, erinnerte sich Berghoff.

Und er konnte keine Gründe nennen, warum sich diese Anhänglichkeit allmählich verloren und warum statt dessen die Neigung zur Distanziertheit mit den Jahren zugenommen hatte. Seit der Geburt des letzten Kindes hatte Elisabeth angefangen, ihr Haar hochzustecken, dessen Blond, als sie noch Locken trug, schmeichelhafter gewesen war.

›So ist das eben, wenn man eine Weile verheiratet ist‹, dachte Berghoff. ›Dafür werden andere Dinge wichtig. Und das Allerwichtigste ist‹, dachte er, ›daß man sich aufeinander verlassen kann.‹

In keinem der Briefe, auch nicht, als er für kurze Zeit in Holland studierte, war Elisabeth auf seine Leidenschaft, auf die Beschäftigung mit der Musik, eingegangen. Und wenn es ihm einmal gelungen war, sie zu überreden, mit auf die Probe zu kommen, konnte er darauf warten, daß sie anfing zu gähnen.

›Nein‹, dachte Berghoff, ›die Musik hat sie kaum interessiert. Darauf hätte man vielleicht Rücksicht nehmen sollen. Aber ansonsten‹, dachte er, ›war doch, bis auf gelegentliche Meinungsverschiedenheiten, mein Gott, wer streitet sich nicht hin und wieder wegen Lappalien, nie etwas Grundsätzliches passiert!‹

Und er begann zu zweifeln, ob Elisabeth ihn tatsächlich, und auf so hinterhältige Weise, betrogen haben könnte, ja, er ließ es zu, daß alles, was er in den letzten Monaten erlebt hatte, die Abwesenheit der Familie, das vergebliche Warten, die Entdeckung der Töchter in der Bleibtreustraße, daß dies alles, wenn auch nur vorübergehend, ins Unwirkliche abgedrängt wurde. Er schob die Briefe in die Mappe zurück, ging in die Küche, überprüfte mit einem raschen Blick, ob die Einkaufstasche wieder am Haken hing. Sie blieb verschwunden. Ansonsten aber hatte sich nichts geändert: im Kleiderschrank Elisabeths Blusen, die Röcke, das

Kostüm, das sie sich vor einem halben Jahr hatte schneidern lassen. Auch von ihren Schuhen fehlten lediglich die Stiefeletten.

›Und die Sachen im Kinderzimmer‹, dachte Berghoff. ›Da muß ich Stern allerdings recht geben: Solange Petra ihre Stofftiere liegengelassen und Margret ihre Poster nicht von der Wand genommen hat, ist nichts entschieden.‹

Andererseits war da die Auskunft des Augenarztes, die ihn beunruhigte, nämlich daß es zwei Männer gewesen waren, die die Mittenwalder Geige in Empfang genommen hatten.

›Wer weiß‹, dachte Berghoff, ›womöglich waren beide in der Wohnung, um sie mir aufs Vertiko zu stellen.‹ Und er versuchte sich zu erinnern, wer von jenen, die er zu seinen Bekannten zählte, ein Brillenträger war. ›Ein Brillenträger‹, dachte Berghoff und bereute, daß er Possél nicht nach weiteren Einzelheiten gefragt hatte. ›Vielleicht‹, dachte er, ›hätte ich auf diese Weise herausbekommen, wer von den beiden Elisabeths Liebhaber gewesen ist!‹

Oder waren seine Vermutungen übertrieben, hatte sie gar keinen Liebhaber gehabt? War am Ende alles ganz anders gewesen, als es den Anschein hatte! Für einen Augenblick überlegte Berghoff, ob es sinnvoll wäre, das Schloß an der Wohnungstür auszutauschen, um ungebetenen Leuten, jedenfalls fremden Personen, den Zugang zur Wohnung zu verwehren. Statt dessen beschloß er, doch lieber zu warten und sich in der eigenen Wohnung wie auf einen Beobachtungsposten zurückzuziehen. Das heißt, zuerst riegelte er das Kinderzimmer ab, dann das Schlafzimmer. Vorher trennte er die Ehebetten, schob das eigene Bett in sein Arbeitszimmer. Von hier aus hatte er das Wohnzimmer, das Bad und die Küche im Blick. Die Wohnungstür schloß er, bevor er schlafen ging, ab. Den Schlüssel ließ er im Schloß stecken, und hätte jemand versucht einzudringen, Berghoff wäre darüber aufgewacht. Aber was heißt aufgewacht! Er schlief ja kaum noch, so sehr war er auf eine Begegnung gefaßt, und er wußte auch schon, was er, falls Elisabeth in die Tür trat, sagen würde. Nacht für Nacht wartete er auf diese Gelegenheit, aber es zeigte sich niemand, und doch hätte Berghoff schwören können, daß, wenn er von der Probe in der Invalidenstraße zurückkam, jemand im Wohnzimmer oder im Bad gewesen war. Die Kekse in der Messingschale wurden immer weniger, und im Bad hatte sich jemand die Hände gewaschen. Das war offensichtlich, da er, Berghoff, die Angewohnheit hatte, das Waschbecken jedesmal mit einem Tuch trockenzureiben, und doch waren da überall neue Wasserspritzer!

Die Putzfrau, die zweimal in der Woche kam, daran hatte sich nichts geändert, beteuerte ihre Unschuld. Sie würde das Wasser zum Wischen aus der Küche nehmen, und die Kekse in der Messingschale, erklärte sie, müsse man, da sie austrockneten, hin und wieder erneuern.

›Erneuern!‹ dachte Berghoff. ›Aber irgend jemand hat sie gegessen. Und wenn es nicht die Putzfrau war, dann waren es die Kinder!‹

Eines Abends, nachdem er wieder vor dem Haus in der Mommsenstraße auf und ab gegangen war, nahm er sich vor, im Dunkeln zu bleiben. Heimlich, als müßte er damit rechnen, beobachtet zu werden, schlich er hinauf, und als er sich ins Arbeitszimmer zurückzog, nahm er den Schlüssel aus dem Schloß, um seine Abwesenheit vorzutäuschen. Er war erschöpft, versuchte vergeblich wach zu bleiben, und irgendwann hörte er ein Geräusch und schreckte hoch. Er spürte einen Schlag, es war wie das Zersplittern von Holz. Unverkennbar, daß sich jemand über ihn gebeugt hatte und ihm die Mittenwalder Geige über den Kopf schlug.

»Wie sind Sie hereingekommen?« fragte Berghoff, wußte aber schon, daß er lediglich geträumt hatte, und augenblicklich stürzte er ins Wohnzimmer und riß die Geige aus dem Futteral.

Sie war unbeschädigt. Bevor er ganz wach war, meinte er noch, eine Bewegung im Korridor wahrzunehmen, und als er sich, immer die Geige in der Hand, davon überzeugen konnte, daß die Wohnungstür abgeschlossen war, mußte er sich eingestehen, daß er mit solch einer Heimsuchung nicht gerechnet hatte.

20

Von nun an ging die Welt des Friedhelm Berghoff allmählich aus den Fugen, und ob dies tatsächlich oder nur in seinem Kopf geschah, war im Grunde gleichgültig. Er hielt sich kaum noch in der Mommsenstraße auf, genauer: Wenn er mit seinem Wagen vorgefahren war, ließ er ihn, statt einen Parkplatz zu suchen, erst einmal in der zweiten Reihe stehen, um die Fensterfront zu beobachten. Und wenn eine Frau den Hausflur betrat, dann konnte es vorkommen, daß er sicher war, jene wiederzuerkennen, die, es war lange her, mehrmals in der Mohrenstraße unterwegs gewesen war, und er lief, in der sicheren Gewißheit, sie im Treppenhaus einzuholen, hinter ihr her und fand sich zuletzt doch und mit klopfendem Herzen in seiner leeren Wohnung wieder.

»Ich bin nicht abergläubisch«, sagte Berghoff, »aber ich verfluche den Tag, an dem ich die Archivaufnahme mit dem Kolisch-Quartett aus der Aktentasche gezogen habe.«

Und er wollte allen Ernstes erörtern, wann und bei welcher Gelegenheit er die CD aufgespürt haben könnte. War es bei Kiepert am Kurfürstendamm? Oder doch eher bei Dussmann in Stadtmitte? Er war nicht bereit, über Einzelheiten der bevorstehenden Konzerte zu reden. Statt dessen machte er Schönbergs Musik für seinen augenblicklichen Zustand verantwortlich.

»Es stimmt schon«, sagte er, »daß Brahms oder Schubert dem Leben hilfreicher sind. Auch hier gibt es Abgründe, warum nicht. Aber die ganze zweite Wiener Klassik müßte man verbieten. Sie haut einem geradezu die Beine vom Boden.«

Alle lachten.

»Zugegeben«, sagte Schlosser, »der ewige Rhythmuswechsel macht auch mich nervös. Aber das liegt daran, daß ich das erste Mal an solche Schwierigkeiten geraten bin.«

»Mich hat das Ganze eher kalt gelassen«, sagte von Rosen. »Und es ist ja auch so«, fügte er hinzu, »um Schönberg zu spielen, braucht man einen kühlen Kopf.«

Eine Weile noch redete man darüber, ob es überhaupt möglich oder erlaubt war, sich einer solchen Musik über Assoziationen zu nähern.

»Wie du es getan hast«, sagte von Rosen und meinte damit die ständigen Hinweise auf persönliche Stimmungen. »Schönberg hat mit deinem Privatleben nichts zu tun.«

»Bist du so sicher?« rief Berghoff und erhob sich augenblicklich.

Niemand schien zu ahnen, was ihn zu dieser schroffen Frage veranlaßt haben könnte. Es war auch nicht nötig, denn nun brach es aus ihm heraus.

Ob man wüßte, rief er, unter welchen Bedingungen er jeden Morgen zur Probe fahren müsse!

»Ich habe niemanden, der mit mir frühstückt, und auch niemanden, mit dem ich zwei Cognacgläser auf dem Teppich abstellen könnte. Meine Frau hat mich verlassen, hat hinter meinem Rücken die Töchter umgeschult. Und die Geige, die sie mir wie zum Hohn aufs Vertiko hat stellen lassen, wurde von zwei Männern bezahlt, von denen ich nicht einmal die Namen weiß, um sie zur Rede zu stellen. Tagsüber«, rief Berghoff, »wird bei mir eingebrochen. Kunststück!« rief er, »sie hat immer noch die Schlüssel, und ich kann nur hoffen, daß sie hin und wieder die Kinder bei sich hat, sonst müßte ich annehmen, daß sie die Kekse in der Messingschale, die die Putzfrau regelmäßig nachfüllt, selber ißt! Und wenn ich mich verbarrikadiere und den Schlüssel von innen im Schloß steckenlasse, dann brechen sie trotzdem ein. Ich träume davon, daß sie mich am Ende umbringen werden. Heute nacht hat mir jemand diese verfluchte Geige über den Kopf geschlagen!« rief er und war außer sich vor Erregung.

Es dauerte eine Weile, ehe er sich entschloß, zum Fenster zu gehen, das er öffnete. Zuerst zog er sein Handy hervor, eine Geste, die völlig unangemessen wirkte. Mit wem wollte er telefonieren? Dann, nachdem er einige Zahlen getippt hatte, besann er sich, steckte das Handy wieder ein, zog statt dessen eine Zigarette hervor und begann zu rauchen.

»Ich bin entsetzt«, sagte von Rosen schließlich. »Ich werde dafür sorgen, daß Gertrud unverzüglich zu dir in die Mommsenstraße kommt.«

Und er hielt Wort. Am Nachmittag waren Stern, von Rosen und dessen Frau in Berghoffs Wohnung versammelt, und sie versuchten ihm beizustehen. Das heißt, nachdem er nochmals Einzelheiten erzählt hatte, sorgte besonders die Tatsache, daß zwei Männer, die Berghoff nicht kannte, die Geige auf dem Vertiko abgestellt haben könnten, für Entrüstung, und man riet ihm, zur Polizei zu gehen.

»Nicht zur Polizei«, sagte Gertrud. »Wenn ihr einverstanden seid, rede ich mit Frau Ostermaier.«

Dies lehnte Berghoff kategorisch ab. Er hätte sowieso schon Mühe, ihre verlogenen Anrufe abzuwehren. Und auch auf den Vorschlag, mit der

Schule Kontakt aufzunehmen, ging er nicht ein. Vielmehr bestand er darauf, daß sich Elisabeth, falls sie die Trennung wünschte, bereit erklären müsse, offen mit ihm darüber zu reden.

»Also soll sie herkommen und die Schlüssel abgeben. Darauf warte ich«, sagte Berghoff. »Und zwar seit Monaten.«

»Das ist dein gutes Recht«, sagte Gertrud, die schon die Ärmel hochgekrempelt hatte, um die wenigen Teller und Tassen, die auf dem Tisch standen, in die Geschirrspülmaschine zu räumen.

21

Und nochmals:

> Hinwandelnd an den schwarzen Mauern
> Des Abends, silbern tönt die Leier
> Des Orpheus fort im dunklen Weiher …

Nachdem Berghoff seine Situation eingestanden hatte, war ihm wohler, aber natürlich: Niemand konnte ihm helfen, und es gab Augenblicke, da gelang es ihm beinahe, seine Kränkung zu überwinden und nochmals zur Bleibtreustraße in Richtung Schulhof zu gehen. Diesmal näherte er sich von der Grolmanstraße her, und wer von der Grolmanstraße zur Bleibtreustraße einbiegen will, der betritt eine kurze Gasse, die an den S-Bahn-Bögen entlangführt. Sie hat auch einen Namen: »Otto-Ludwig-Straße«. Unter dem Schild sind keine Hausnummern zu lesen. Es ist also eine Adresse, die nirgendwohin führt, zugegeben, eine Merkwürdigkeit, die bisher kaum jemandem aufgefallen sein dürfte, und auch Berghoff hätte unter normalen Umständen die wenigen Schritte, ohne darauf zu achten, hinter sich gebracht. Jetzt aber blieb er vor dem Straßenschild stehen, sah sich um, als müsse es doch noch möglich sein, irgendwo eine Hausnummer zu finden.

›Gesetzt den Fall‹, dachte er, ›jemand schickt eine Postkarte hierher. Ebensogut könnte er sie in einem schwarzen Loch verschwinden lassen. In einem schwarzen Loch‹, dachte Berghoff und spürte, daß er über diesen Gedanken, der ihm unangenehm war, nicht hinwegkommen würde, es sei denn, er ging augenblicklich zur Grolmanstraße zurück.

Dies tat er und war froh, als er den Schulhof, von dem Lärm zu hören war, wieder in seinem Rücken hatte. In der Mommsenstraße traf er die Putzfrau an, und nun machte er das erste Mal Andeutungen darüber, daß es nötig wäre, die Wohnung im Auge zu behalten.

»Am besten, Sie geben mir die Schlüssel zurück«, sagte Berghoff. »Wenn Sie zu tun haben, werde ich zu Hause sein. Und wundern Sie sich nicht, wenn Sie eine Art Siegel an der Tür vorfinden.«

Er erklärte, daß es wohl auch ihr, der Putzfrau, aufgefallen sein müsse, daß seine Familie schon eine Weile abwesend sei.

»Ich denke, es ist nichts passiert, mache mir aber trotzdem Sorgen«, sagte er, ließ es bei dieser Andeutung bewenden, und nachdem die Putzfrau gegangen war, klebte er, bevor er die Wohnungstür von innen abschloß, einen Papierstreifen über den Spalt zwischen Tür und Rahmen.

Von nun an betrat oder verließ Berghoff die Wohnung über den Hintereingang, der in die Küche führte und der bis vor kurzem durch einen Schrank verstellt gewesen war, und er hatte offensichtlich einiges zu tun. Man sah ihn bei Kiepert in der Musikabteilung, wo er mit dem Verkäufer einige Worte wechselte. Er schien sich nach etwas zu erkundigen. Vielleicht wollte er wissen, wann und bei welcher Gelegenheit er auf die CD mit dem Kolisch-Quartett gestoßen war. Stunden später rief er einen bekannten Geigenbauer an, vereinbarte einen Termin. Er hatte beschlossen, die Mittenwalder Geige prüfen zu lassen.

»Das Zertifikat scheint echt zu sein«, sagte der Geigenbauer. »Und der Stimmstock ist weit über hundert Jahre alt. Und das kann ich Ihnen sagen«, fügte er hinzu, »die Geige hat einen außerordentlichen Klang.«

»Und Sie glauben, ich sollte sie benutzen?« fragte Berghoff.

»Ich bitte Sie«, sagte der Geigenbauer und schien amüsiert zu sein. »Sie ist gut und gerne ihre vierzigtausend Mark wert!«

Am Abend sah, nein, besser, hörte man, wie Berghoff bei weitgeöffneten Fenstern auf ebendieser Geige spielte. Dies ging bis in die Dunkelheit hinein, und bei der nächsten Probe, als von Rosen erklärte, es sei wohl besser, für die beiden Berliner Konzerte Schönberg aus dem Programm zu nehmen, verwahrte er sich dagegen, indem er sagte:

»Man soll Dinge, die einem angehören, nicht immer nur zur Seite schieben. An die ersten Sätze habe ich mich gewöhnt, und nach dem Largo bin ich sowieso mit meinem Lieblingsthema, dem Amabile, beschäftigt.« Und er äußerte so etwas wie Zuversicht darüber, daß es doch noch gelingen würde, Elisabeth, wer weiß, vielleicht schon bei dem ersten Konzert in den Kammermusiksaal zu locken.

»Warum nicht«, sagte von Rosen, der versuchte, dem Freund Mut zu machen. »Es ist durchaus möglich, daß sie mit den Kindern plötzlich in der zweiten oder dritten Reihe auftaucht.«

»Zumal sie sich diesmal die Reise nach Salzburg ersparen kann«, sagte Stern.

Man beschloß, sich einen Tag vor Konzertbeginn in der Philharmonie zu treffen, und bis dahin und wieder bis weit in die Dunkelheit hinein hörte man in der Mommsenstraße Nr. 50 jemanden auf der Geige spielen. Niemand beschwerte sich, ja, es schien, als würde die Musik von dem Hintergrundrauschen der Großstadt verschluckt. Nur einmal, und hier mußte Berghoff überaus feine Ohren gehabt haben, nur einmal schien es, als würde sich jemand, von dem Spiel hinter geöffneten Fenstern angelockt, der Wohnungstür nähern. Er hörte, wie ein Schlüssel im Schloß herumgedreht wurde, dann ein Geräusch, als würde die Tür in den Angeln bewegt. Drei, vier Schritte, Berghoff war im Korridor, und er ahnte, daß er dort niemanden antreffen würde. Aber daß sich der Papierstreifen zwischen der Tür und dem Rahmen gelöst hatte, dies nahm er als Beweis, daß die Entscheidung, die Mittenwalder Geige zu akzeptieren, richtig gewesen war.

Sicher, am ersten Konzertabend im Kammermusiksaal der Philharmonie rechnete er mit keiner Überraschung. Und auch als er die leeren Plätze in der dritten Reihe sah, dachte er keineswegs, daß da jemand, vielleicht nach dem 1. Satz, wenn man die Türen zum Foyer öffnete, auftauchen könnte, aber er spürte, daß die anderen darauf warteten. Das ›Allegro molto. Energico‹ geriet etwas schleppender als gewöhnlich. Dafür sorgte Schlosser im 2. Satz für Tempo, und die Pause vor dem Unisono wirkte irgendwie nervös. Alle dachten an den

Eklat in Wien, als Berghoff sich geweigert hatte, die Geige aufzunehmen. Und auch jetzt hielt er sie auf seinen Knien, als würde er dem Largo, dem, wie er es einmal genannt hatte, falschen Versprechen, immer noch mißtrauen. Aber schon, und ohne daß man sich aufeinander abgestimmt hatte, setzten alle vier den Bogen an, und Sekunden später war in dem Saal, der, bis auf die leeren Plätze in der dritten Reihe, vollkommen ausverkauft war, der vielstimmig überdehnte, quälende, aber doch, man wußte nicht, wie, tröstliche Ton zu hören.

22

Es ist nicht mit anzusehen, wie er sich quält«, sagte von Rosen, mußte aber gleichzeitig anerkennen, daß Berghoff diszipliniert war und daß er immer noch, und zwar seit dem Ende der Tournee, als letzter die Fabrik in der Invalidenstraße verließ.

Verließ er sie wirklich? Dies war fürs erste nicht auszumachen. Dafür mußten die anderen mit Berghoff darüber mutmaßen, warum es bei dem letzten Konzert in der dritten Reihe leere Plätze gegeben hatte.

»Es ist nicht auszuschließen«, sagte Berghoff, »daß die Karten bestellt und abgeholt worden sind und daß man schließlich Argumente gefunden hat, sie verfallen zu lassen.«

Stern, der die Frau an der Kasse der Philharmonie kannte, erklärte sich bereit, der Sache, so weit es möglich war, nachzugehen, aber es kam nicht dazu. Es gab andere Dinge, mit denen man sich beschäftigen mußte. Eines Morgens fand Schlosser, als er das Fabrikgebäude betrat, die Tür zu den Kellerräumen geöffnet, und da das Licht dort unten ungewöhnlich hell war, ging er die Stufen hinunter. Er wandte sich nach rechts, erschrak, als er in dem Durcheinander des abgestellten Gerümpels jemanden liegen sah, den er sofort erkannte. Er zog sich zurück, drehte sich auf den Stufen, als müßte er sich vergewissern, nochmals um, und als er mit den anderen im Probenraum auf Berghoff wartete, schwieg er über seine Entdeckung, auch als Stern davon sprach, daß Berghoff in der Nähe sein müsse. Er habe seinen Wagen im Hof gesehen.

»Guten Morgen«, hörten sie, als Berghoff endlich auftauchte. »Ich hoffe, ihr habt gefrühstückt«, sagte er, setzte sich, nahm die Mittenwalder Geige aus dem Kasten, und Minuten später war man wieder bei der Sache.

Am nächsten Tag achtete Schlosser darauf, ob Berghoffs Wagen an derselben Stelle im Hof stand, und da dies so war und da hinter der angelehnten Kellertür wieder das helle Licht zu sehen war, ging er erneut nach unten, und nun bemerkte er, daß sich Berghoff inmitten des Gerümpels eine Gelegenheit zur Übernachtung geschaffen hatte. Er hatte ein ausrangiertes Bett frei geräumt, und er hatte sich, jenseits des Gerümpels, genügend Platz geschaffen, um einen Teppich auszurollen. Aus den Röhren, obwohl die Heizung abgestellt war, hörte man ein gelegentliches Gluckern, und Berghoff, der diesmal auf der Bettkante saß und Schlosser den Rücken zugewandt hatte, schien in einer Partitur zu blättern. Schlosser staunte, wie wenig muffig, beinahe frisch die Luft hier unten war und daß die durcheinandergeworfenen Gegenstände, vielleicht durch das gleißende Licht, keineswegs wie Sperrmüll, sondern in überaus klarer Kontur wie ein absichtsvoll angeordnetes Stilleben wirkten. Man hörte die Kellertür klappen. Noch jemand stieg die Stufen hinunter. Es war von Rosen, und als auch Stern mit hinzukam und, wie die anderen, staunend und ohne ein Wort zu sagen, in dem Gewölbe stehenblieb, bückte sich Berghoff nach seiner Geige und machte Anstalten, sie zu stimmen. Irgendwann bemerkte er die Anwesenheit der anderen, erhob sich und sagte:

»Gut, daß ihr einmal hier seid. Es gibt keinen besseren Ort. Hier herrscht, was wir uns immer gewünscht haben: die absolute Stille.«

Und da er sich, Geige und Bogen in der Hand, hoch aufgerichtet hatte und da das Licht, das schräg hinter ihm angebracht war, sein Gesicht im Schatten ließ, wirkte er, als hätte er sich verirrt und als wollte er mit unwiderstehlichem Ernst an ebendiesem Zustand festhalten. Die anderen zögerten.

»Einverstanden«, sagte Stern schließlich. »Ich bin bereit, für einige Minuten hier unten zu spielen, aber nur unter der Bedingung, daß du sofort in deine Wohnung zurückgehst und daß du alles unternimmst, um über deine Schwierigkeiten hinwegzukommen.«

»Und absolutes Schönberg-Verbot«, fügte von Rosen hinzu.

Sie holten die Instrumente, versuchten, soweit dies möglich war, einen Halbkreis zu bilden. Berghoff und Schlosser saßen auf der Bettkante, Stern setzte sich auf ein Brett, das schräg verkantet war, und von Rosen mußte sich energisch Platz schaffen. Es dauerte eine Weile, ehe er, mit der nötigen Bewegungsfreiheit versehen, auf einem Hocker Platz nehmen konnte, und Sekunden später hörte man die ersten Takte aus dem Lerchenquartett von Haydn, mit dem sie zu jeder Zeit und überall begeisterte Zustimmung gefunden hatten und dessen ersten Satz sie gewöhnlich als Zugabe einsetzten.

War der Keller nicht zu eng? Und schmerzte es, da sie mit vollem Einsatz spielten, nicht in den Ohren? Sie hatten keine Gelegenheit, darauf zu achten.

»Weiter«, sagte Stern, als Schlosser nach dem ersten Satz den Bogen sinken lassen wollte.

»Weiter«, wiederholte er nach dem Ende des 2. Satzes.

Und so spielten sie, was zuletzt in Wien und davor äußerst selten geschehen war, den ganzen Haydn, und wie in jenen Augenblicken, wenn sie das Glück hatten, einem Publikum zu begegnen, das nicht sofort Beifall klatschte, sondern sich zunächst mit einem Anflug von Betroffenheit ruhig verhielt, blieben sie sitzen und lauschten tatsächlich in eine absolute Stille hinein, die nicht einmal von dem gelegentlichen Gluckern in den Heizungsröhren unterbrochen wurde.

»Das werde ich euch nie vergessen«, sagte Berghoff leise.

Stern wollte etwas erwidern. Es kam nicht dazu, weil von Rosen Mühe hatte, sein Cello unbeschädigt aus dem Gerümpel, über das er hinwegstieg, zu heben. Schlosser stand schon an den Stufen zur Tür, und auch Berghoff, als wäre damit alles gesagt, bückte sich, legte Geige und Bogen und die Partitur in den Kasten zurück.

23

Obwohl Berghoff weiterhin unter der Kränkung litt und obwohl er es als unzumutbar empfand, kehrte er in die Mommsenstraße zurück. Die Putzfrau bekam den Schlüssel, und der Streifen Papier zwischen Tür und Rahmen wurde nicht erneuert. Beim letzten Konzert im Kammermusiksaal der Philharmonie hatte er allerdings Mühe, sich zu beherrschen. Saß da nicht in der ersten Reihe, und unübersehbar breitbeinig, ein gutgekleideter Mann mit Brille, und gab er nicht zu verstehen, daß es vor allem Berghoff war, dem seine Aufmerksamkeit galt? Er schien voller Wohlwollen zu sein, nickte ihm aufmunternd zu, nachdem er auf seinem Stuhl Platz genommen hatte, und er zog, während sie spielten, eine Partitur aus der Brusttasche, in der er zu blättern begann. Er tat, als würde er sich in Schönbergs Musik allerbestens auskennen. Nach dem Largo war er versucht zu klatschen, und als die vier sich verbeugten, um den Beifall entgegenzunehmen, rief er unüberhörbar: »Bravo«, wedelte mit der Partitur, bevor er sie einsteckte. Dann war er verschwunden. Völlig unklar, wie dies so plötzlich und vor den aufmerksamen Augen Berghoffs hatte geschehen können.

In der Garderobe konnte Berghoff seine Erregung nicht verbergen, und er hätte jetzt gern darüber gesprochen, daß er fast sicher war, in der ersten Reihe den Liebhaber seiner Frau erkannt zu haben.

»Habt ihr den Mann mit der Brille gesehen? In der Mitte der ersten Reihe. Er hatte die Partitur auf den Knien«, wollte er sagen, aber er schwieg.

Sie zogen die Fräcke aus, und eine halbe Stunde später saßen sie in einem Restaurant, um den Abschluß der Tournee zu feiern. Berghoff hing seinen Gedanken nach. Während er mit den anderen Champagner trank und man immer wieder auf die nächste Konzertreise anstieß, es gab schon zahlreiche Anfragen, während von Rosen seiner Lieblingsbeschäftigung, nämlich kurze Ansprachen auf dieses und jenes zu halten, freien Lauf ließ, versuchte er zu ergründen, wie alt der Brillenträger in der ersten Reihe gewesen und wie es ihm gelungen sein könnte, obwohl er, Berghoff, ihn nicht aus den Augen gelassen hatte, zu verschwinden.

›Immerhin ein Indiz‹, dachte Berghoff und ertappte sich dabei, wie er seine Blicke in dem Restaurant umherschweifen ließ.

Man feierte bis zwei Uhr nachts, und als Berghoff auf dem Nachhauseweg war, kam er von der Vorstellung nicht los, der Brillenträger würde, sowie er die Tür aufgeschlossen hätte, im Wohnzimmer sitzen und auf ihn warten.

›Es wäre ihm zuzutrauen‹, dachte er und legte sich, er kämpfte gegen die Wirkung des Champagners, einige Antworten zurecht. Etwa, was er sagen würde, wenn der andere ihn aufforderte, in die Scheidung einzuwilligen, und ob er sich, bei dem skandalösen Verhalten Elisabeths, überhaupt dazu verstehen könnte, ihr die Kinder zu überlassen. Als er die Treppen hinaufging, spürte er, daß ihm die Knie weich wurden.

»Sie können ruhig das Licht anmachen!« rief er, nachdem er die Garderobe betreten hatte. »Und nehmen Sie sich von den Keksen, sie werden täglich nachgefüllt!« fügte er hinzu, wobei er sein Jackett an den Haken hängte und den Kasten mit der Mittenwalder Geige abstellte.

Dann stand er schon im Wohnzimmer, bemerkte einen säuerlichen Geruch, und nachdem er das Licht eingeschaltet hatte, sah er die Unordnung auf dem Tisch, und ihm fiel ein, daß die Putzfrau sich für diese Woche entschuldigt hatte und daß deshalb das schmutzige Geschirr der letzten Tage immer noch nicht weggeräumt war.

Am nächsten Vormittag fuhr Berghoff in die

Kantstraße, und er sah, daß man vor dem Eingang zur Praxis dabei war, das Schild mit der Aufschrift »Ekkehard Possél, Augenarzt« abzumontieren. Auf der Straße parkte ein Möbelwagen, die Haustür hatte man, um sie offenzuhalten, festgekeilt, auf der Treppe kamen ihm zwei Männer entgegen, die den Behandlungsstuhl hinunterschleppten. Berghoff spürte den Luftzug in seinem Rücken, der durch die offene Tür entstanden war, so daß er das Gefühl hatte, er würde über die wenigen Stufen hinweg bis in den ersten Stock geradezu geschoben. Auch hier standen die Türen sperrangelweit offen. Der Warteraum war leer, im Behandlungszimmer war man dabei, die Bücher in Kisten zu verpacken.

»Sie ziehen aus?« fragte Berghoff den Arzt, der ihm im Flur entgegenkam.

»Es wird zuviel. In meinem Alter sollte man sich von gewissen Dingen trennen.«

Possél hatte Hut und Mantel an, und für Augenblicke überlegte Berghoff, ob er sich mit einer Floskel der Entschuldigung wieder verabschieden sollte, aber dies hätte er nicht ertragen.

›Unmöglich‹, dachte er, ›daß sich die Welt vor meinen Augen immer nur entzieht.‹ Und laut sagte er:

»Hätten Sie einige Minuten Zeit für mich?«

»Aber ja doch«, antwortete der Arzt, drehte sich um, ging ein paar Schritte den Korridor entlang, als wollte er Berghoff in eines der hinteren Zimmer bitten.

Dann, als hätte er sich anders entschieden, wies er mit der Hand in Richtung Wartezimmer, entschuldigte sich, daß es keine Gelegenheit mehr gab, Platz zu nehmen, und zuletzt standen sich die beiden zwischen den kahlen Wänden und dem Fenster, an dem noch eine Gardine hing, gegenüber. Berghoff sah in den Korridor hinaus und bemerkte, daß eine der Türen geschlossen war, und er war sicher, daß sich dahinter ebenjene Person aufhielt, mit der Possél zweimal so intensiv geflüstert hatte. Das erste Mal, als er wegen der Mittenwalder Geige gekommen war, das zweite Mal, als er Schwierigkeiten gehabt hatte, sein erneutes Auftauchen plausibel zu machen. Und wäre der Arzt, was Berghoff wünschte, nochmals hinausgetreten, er hätte ihm, um nicht neugierig zu erscheinen, den Rücken zugedreht. Und wer weiß, vielleicht hätte er diesmal verstanden, was es da so Wichtiges zu besprechen gab.

Possél knöpfte sich den Mantel zu, und da Berghoff immer noch schwieg und nicht zu erkennen gab, warum er erneut hier aufgetaucht war und den Arzt um einige Minuten Zeit gebeten hatte, ging dieser zur Tür, drehte sich auf der Schwelle um, als wollte er sich nochmals bereit erklären, Berghoffs Bitte zu entsprechen.

Und nun geschah etwas Merkwürdiges. Die Möbelpacker hatten die letzten Gegenstände verstaut und warteten auf Possél, der noch eine Unterschrift schuldig war. Der Mann mit den Papieren ging mehrmals zum Eingang und sah die Treppe hinauf, unwillig darüber, daß sich der Arzt, der schon auf dem Weg gewesen war, nicht mehr zeigen wollte. Man ließ den Motor laufen, hupte mehrmals, und tatsächlich öffnete Possél das Fenster seiner Praxis, machte den Wartenden ein Zeichen, sich zu gedulden. Der Mann mit den Papieren zog eine Zigarette aus der Tasche seines Overalls und begann zu rauchen. Irgendwann, vielleicht eine Viertelstunde später, hielt ein Taxi in der Kantstraße Nummer 137 direkt neben dem Möbelwagen, und ohne daß die Möbelpacker deren Kommen bemerkt hätten, tauchten Berghoff und der Arzt auf, der die hintere Wagentür öffnete. Hastig stiegen die beiden ein und fuhren zum nächsten Polizeirevier. War etwas vorgefallen? Ja. Berghoff hatte ein Geständnis gemacht.

»Eifersuchtsdrama! Berühmter Geiger tötete Frau und Kinder« brachten die Boulevardzeitungen einen Tag später in großer Aufmachung.

24

Der Sommer begann warm zu werden, und auf der Havel wimmelte es von Segelbooten. Von Rosen hatte auf der Dachterrasse eine Markise anbringen lassen, so daß man, wenn die Sonne zu stark war, den Marmortisch und die Holzstühle in den Schatten rücken konnte. Die Gäste sollten sich wohl fühlen. Man trank gespritzten Weißwein. Das heißt, eigentlich blieben Stern und von Rosen unter sich, da Schlosser die Verabredung nicht eingehalten hatte, und Gertrud hatte sich, sie litt neuerdings unter Schwindelanfällen, in ihrem Zimmer auf die Couch gelegt. Hier oben war es stickig, was selten vorkam. Meist ging, da die Sicht nicht von Bäumen verstellt war, ein leichter Wind. Von Rosen zog die Jacke aus, Stern hatte Schweißperlen auf der Stirn. Er machte Andeutungen, daß er Aussichten hätte, im Berliner Sinfonieorchester unterzukommen. Von Rosen wollte sich über seine Zukunftspläne nicht äußern.

»Aber eines ist sicher«, sagte er. »Mit der Herumreiserei ist es vorbei. Das würde Gertrud nicht mehr vertragen.«

Redete man über Berghoff? Selbstverständlich. Das Massenblatt mit der Schlagzeile lag immer noch auf Sterns Schreibtisch, seit der Beisetzung der Opfer auf dem Zehlendorfer Waldfriedhof waren keine vierzehn Tage vergangen, und von Rosen schien die Frage umzutreiben, wann und wo Berghoff sich zu dieser Wahnsinnstat hatte hinreißen lassen. In Salzburg vielleicht?

»Da müßtest du bei der Polizei nachfragen«, sagte Stern, und er weigerte sich, darüber nachzudenken, ob sie es an der nötigen Aufmerksamkeit hatten fehlen lassen.

Als Gertrud erschien, um mit ihnen doch noch ein Glas Wein zu trinken, wechselten sie das Thema. Nur einmal fragte von Rosen, der aufgestanden war und über die Brüstung der Terrasse hinweg auf das Wasser sah:

»Was habt ihr eigentlich in München, bevor ihr euch versöhnt habt, in Friedhelms Hotelzimmer besprochen?«

»Nichts«, antwortete Stern. »Jedenfalls nichts, was es wert wäre, erwähnt zu werden.«

»So«, sagte von Rosen, und für die nächsten Minuten waren sie abgelenkt.

Auf dem Wasser, weit hinten, kurz vor der Biegung, die zur Glienicker Brücke führte, gab es offenbar Schwierigkeiten. Sei es, daß plötzlich eine

Windböe aufgekommen war oder daß sich jemand beim Manövrieren ungeschickt verhalten hatte: Man sah, wie sich zwei Segelboote so sehr und so nahe gegeneinander geneigt hatten, daß sich die Takelagen verfingen. Man hörte Kommandorufe, die in Beschimpfungen übergingen, zuletzt ein Kreischen, dann war eines der Boote umgekippt. Von Rosen mußte lachen.

»Es passiert nichts«, sagte er. »Bei diesem Wetter sollte man sowieso lieber baden gehen.«

»Hast du bemerkt«, fragte Stern, »wie deutlich alles zu hören war? Erstaunlich«, fügte er hinzu, »ich schätze, es sind immerhin anderthalb Kilometer.«

»Ja«, sagte Gertrud, »das ist das einzige, was uns hier stört. Das Wasser ist wie ein Geigenboden. Wenn nachts die Schlepper vorbeifahren, und manchmal herrscht reger Verkehr, haben wir Mühe einzuschlafen.«

Hartmut Lange im Diogenes Verlag

Die Waldsteinsonate

Fünf Novellen

Novellen, die vom Zustand jener Unglücklichen erzählen, denen das Bewußtsein ein besonderes Verhängnis war. Novellen über Friedrich Nietzsche, die Goebbels-Kinder, Heinrich von Kleist und Henriette Vogel, den Nihilisten Alfred Seidel und über eine Jüdin und einen SS-Mann, ihren Mörder.

Die Selbstverbrennung

Roman

Die Nachricht von der unfaßlichen Tat eines Pfarrers, der sich während eines Gottesdienstes selbst verbrannt hat, zieht die beiden Hauptpersonen des Romans auf unterschiedliche Weise in ihren Bann. Sempert, der in einem kleinen Dorf an der Elbe Ruhe sucht, um ein Traktat zu schreiben, und Koldehoff, der Pfarrer dieser Gemeinde, der mit dem Gedanken kokettiert, es dem Unglücklichen gleichzutun. Daß Koldehoffs Tochter und Sempert sich ineinander verlieben, bestärkt diesen noch in seiner kritischer werdenden Haltung gegenüber dem lebensfeindlichen Vernunftsdenken … bis ein anderes Ereignis Sempert und Pfarrer Koldehoff wieder auf ganz verschiedene Weise betrifft und betroffen macht.

Das Konzert

Novelle

»Im Salon der Frau Altenschul treffen sich seltsame Gäste: Es ist die jüdische Crème Berlins – und sie sind ausnahmslos tot, von den Nazis umgebracht. Ihre postumen Zusammenkünfte dienen dazu, inmitten schöner Dinge diesen gewaltsamen Tod, das häßliche Ende im Massengrab zu vergessen. Doch auch die Mörder zieht es dahin; draußen vor der Tür warten sie auf Sühne. Ein rührender Gedanke, um so mehr, als Erlösung für beide von der Musik kommen soll: Der junge Pianist Lewanski ist dazu ausersehen. Ein erstaunliches philosophisches Märchen, eine Kunst-Parabel um Schuld, Sühne und deren beider Überwindung: ein kleiner großer Wurf.« *Badische Zeitung, Freiburg*

Tagebuch eines Melancholikers

Aufzeichnungen der Monate
Dezember 1981 bis November 1982

»In diesen Aufzeichnungen von 1981/82 präsentiert sich Hartmut Lange als ein nachdenklich betrübter Deutscher, der im Blick auf Nietzsche, Schopenhauer, auf Alteuropas Bildungswelt die heutige karge Szenerie des ›Geisteslebens‹ besieht. Ein Mann denkt über deutsche Krisen heute nach. Sehr verhalten besonnen, ein Melancholiker mit Maß.«
Friedrich Heer / Die Furche, Wien

Die Ermüdung

Novelle

Alles fängt mit dem rätselhaften Tod seines Freundes Achternach an. Merten beschließt, dessen Witwe Gerda und ihren alten Vater in Berlin aufzusuchen. Das Wiedersehen weckt Erinnerungen: Gerda ist seine alte Jugendliebe. Merten bemüht sich zwar, die Witwe von ihrer Trauer abzulenken, doch insgeheim möchte er nur eines – seine Gerda wieder für sich gewinnen. Doch sie hält ihn mit ihrem seltsamen Verhalten auf Distanz. Sonderbare Dinge spielen sich ab. Gerda führt Selbstgespräche und entwickelt wahnhafte Ideen. Merten spürt, wie die bedrückende Atmosphäre des Hauses ihn langsam umschlingt. Rechtzeitig gelingt ihm der Absprung.

Vom Werden der Vernunft

und andere Stücke fürs Theater

Die Dramen dokumentieren einen doppelten Abschied: Ausgehend vom Hegelschen Rationalismus und Karl Marx' Sozialutopie, enden sie in der Melancholie über das Verschwinden jeder Vernunft und beschwören die Erinnerung an jene Gesellschaft, deren erklärter Gegner Lange war: an den märkischen Adel und an das Spätbürgertum.

»Lange ist fähig, Gedanken zu kritisieren, ohne dabei den Menschen, der sie äußert, zu verurteilen – es ist die kostbare Fähigkeit der Komödienschreiber.«
Georg Hensel / Frankfurter Allgemeine Zeitung

Die Wattwanderung

Novelle

Völlenklee, ein Buchhändler aus Berlin, versucht hartnäckig, seine Idee, eine Wattwanderung zu unternehmen, in die Tat umzusetzen.

»Mit der *Wattwanderung* hat Hartmut Lange sich eine Glaubenskrise von der Seele geschrieben und ein Zeitgefühl erfaßt. Er traut Welterklärungsmodellen nicht mehr. Mit seiner spröden, den Vorbildern Kleist und Büchner folgenden Sprache hält Lange seinen Weltschmerzensmann in kühler Distanz; keine neue Weinerlichkeit kommt auf, eine ungerührte Vivisektion findet statt, ›erbarmungslos‹ wie die Weite des Watts, in der sich Völlenklee schließlich verliert.«
Der Spiegel, Hamburg

Die Reise nach Triest

Novelle

Die Reise nach Triest ist nach *Die Ermüdung* und *Die Wattwanderung* der Schlußpunkt der Berliner Novellen-Trilogie.

»Ein spannendes Buch mit großer psychologischer Intuition, erzählt in einer knappen, fast lakonischen Sprache, die ohne jedes Pathos auskommt.«
Rheinische Post, Düsseldorf

Die Stechpalme

Novelle

Manfred Eichbaum, Verleger von Kunst- und Fotobänden, erhält anonyme Briefe. Der Verfasser kennt sich sehr gut aus in Eichbaums Leben, privat wie beruflich. Eichbaum, der seit fast einem Jahr an einem gebrochenen Schienbein laboriert, wird zunehmend verunsichert. Wer steckt hinter diesen Briefen?

»In unserer Literatur spielt auf dem Instrument der Novellenkunst heute keiner so meisterlich wie Hartmut Lange.«
Walter Hinck / Frankfurter Allgemeine Zeitung

Schnitzlers Würgeengel

Vier Novellen

Vier Novellen von sprachlicher Eindringlichkeit und Dichte: *Herr Semmering · Schnitzlers Würgeengel · Die Mauer im Hof · Der Himmel über Golgatha.* Verbunden sind diese Novellen durch ein ihnen voranstehendes Motto Martin Heideggers: »In der Unheimlichkeit steht das Dasein ursprünglich mit sich selbst zusammen.«

Der Herr im Café

Drei Erzählungen

Ein Schriftsteller, eine Schauspielerin und eine Sängerin sind die Hauptfiguren dieser drei Erzählungen, in denen Lange sich wie in allen seinen Texten einen Schritt außerhalb des gewohnten Raumes und der gewohnten Zeit bewegt – jenen Schritt außerhalb, der ihn zum hellwachen Beobachter des Alltäglichen wie des Geheimnisvollen macht.

»Die Erinnerung an das verblichene Genre der Künstlernovelle spukt durch die drei neuen Erzählungen von Hartmut Lange, deren Reiz darin liegt, daß sie den Anschein erwecken, sich nostalgisch dieser Erinnerung hinzugeben, während sie versteckt mit ihr spielen.«
Lothar Baier / Süddeutsche Zeitung, München

Eine andere Form des Glücks

Novelle

Kippenberger ist renommierter Statiker im Berlin der Gegenwart und arbeitslos. Doch nicht sein fehlender Job, sondern seine Freundin Corinna läßt seine Welt ins Wanken geraten. Wie kann es sein, daß sie von einer Minute auf die nächste plötzlich verschwindet? Was für eine eigenartige Form des Lebens führt sie, welches besondere Glück ist ihr beschieden? Auf subtile Art betreibt Lange ein rätselhaftes und tiefgründiges Spiel mit räumlichen und Erzählperspektiven.

Die Bildungsreise

Novelle

Müller-Lengsfeldt, Kunsterzieher aus Berlin, möchte im Dunstkreis von Johann Joachim Winckelmann das Alte Rom entdecken. Doch unbegreifliche Ereignisse stören den reinen Kunstgenuß. Und das Vorbild selbst, Winckelmann, entpuppt sich als widerspruchsvolle Gestalt mit einem rätselhaften Doppelleben. Was als beschauliche Bildungsreise begann, entwickelt zunehmend die Qualität eines metaphysischen Thrillers.

»Vielleicht ist das auch der Zauber von Langes Büchern: daß der Leser sanft hineingezogen wird in die Psyche anderer Menschen und sich gerade dort, im Fremden, unversehens mit sich selbst konfrontiert sieht.«
Susanne Schaber / Österreichischer Rundfunk, Wien